新　潮　文　庫

エンジェル　エンジェル　エンジェル

梨木香歩著

エンジェル　エンジェル　エンジェル

御使《みつか》ひまた水晶のごとく透徹《すきとほ》れる生命の水の河を我に見せたり。
この河は神と小羊との御座《みくら》より出《い》でて都の大路《おほぢ》の眞中《まなか》を流る。

ヨハネの默示錄　二二・一

1

インテリア雑誌で見た、壁に組み込まれた熱帯魚の水槽ほど、最近の私の目を釘付《くぎづ》けにしたものはなかった。

全《すべ》てを無機的な青紫に浮かび上がらせるその蛍光灯の明りは、異次元の世界へ手招きしている道標のようだった。

「ねえ、きちんと世話をするから」

自分でも意外に思うくらいの熱心さで、私はママに頼んだ。

「熱帯魚って大変なのよ。もう旅行にも出かけられなくなるわ」

ママは当惑気味に応《こた》えた。新しい提案には何でも一応反対しといて間違いはない、というのがママのやり方だ。

「旅行なら」

私も低い語調で応えた。

「別に熱帯魚がいなくたってもうできそうもないよ」

そう言って居間の続き間をちらっと見遣《みや》った。

パステルカラーの花柄の掛け布団《ぶとん》が、介護用のベッドを覆《おお》っている。

パパの母親であるばあちゃんは、ずっと田舎の家で伯父さんたちと一緒に住んでいた。従兄弟《いとこ》たちが、ばあちゃんばあちゃんと、親しげに呼ぶので、私も、いつか同じように呼ぶ慣わしができてしまった。

一年ほど前から床についたままになってしまっていたが、いつ行ってもにこやかに応対してくれたし、ちょっと足腰が弱っただけだと本人も言っていたので、私たちもそう信じていた。

ところが二ケ月前、突然伯父さんたちの一家が仕事で揃《そろ》ってアメリカへ行くことになり、ばあちゃんをうちで預かることになってからすべてが変わってしまった。

ばあちゃんは自分の息子を忘れていた。

自分の孫を忘れていた。

奇妙なことにママのことだけはママと呼ぶ。世話をしてくれる人、という意識があるのだろうか。この事実は、あらゆる自由を突然奪われ、目の前が真っ暗になってしまったママを、僅《わず》かに慰めた。

それにしても、ばあちゃんは、ずっとこうだったのだろうか。たまに来る私たちに、そのときは調子を合わせて、私たちがばあちゃんの変調に気づかなかっただけなのだろうか。それとも、老いてからの突然の環境の変化に、心身が付いていけなかったのだろうか。アメリカの伯父さんに連絡してもその辺りは曖昧《あいまい》だ。

だが、どうやら伯父さんたちもばあちゃんの意識がまったく正常だとは思っていなかったらしい。

その辺のところはいくら詮索《せんさく》してもきりがない。

ただ重篤《じゅうとく》の寝たきり老人と比べれば、ばあちゃんは自分で寝返りが打てるし、時間時間に起こして手助けしながらだったらトイレに行くこともできる。何よりにこにことほがらかで、意味不明だけれど、よく歌も唱《うた》っている。

「おばあちゃんは天使みたいだ」

この二ケ月でげっそりやつれてしまった顔で、放心したようにばあちゃんの寝顔に見とれ、ママはときどき呟《つぶや》く。天使、という、その言葉の響きが優しくて、ママはきっと呪文《じゅもん》のように自分自身に繰り返しているのだ、と私は思っている。何だかよくわからないけれど。

「まるっきり、旅行できないってことないわよ。一日二日だったら、市の福祉課に頼んで、ヘルパーさんに来てもらったっていいし、ユキおばさんに頼んでもいいし。あなたみたいな言い方したら、人生真っ暗になっちゃうじゃないの」

ママは気分を害したみたいだ。

「だったら、熱帯魚だっていっしょじゃない。ついでに熱帯魚の世話も頼んだらいいじゃない」

「熱帯魚とおばあちゃんをいっしょにしないでよ」

とりつくしまもない。

こういうときは、何を言ったって事態を悪化させるだけだ。だからとりあえず今日のところはこれで引き下がるしかない。

私の家は、もともと、ばあちゃんが小さい頃から住んでいた戦前からの建物だ。ばあちゃんのお父さんの代に建てたものだ。田舎には、先祖代々が住んでいた、私の家の古さとは比べ物にならないぐらいの、文化財に指定されているほどの年代ものの家が残っており、その家は一人息子だったばあちゃんのお父さんへ、そして一人娘だったばあちゃんへ、それから長男の伯父さんへと受け継がれた。

けれど、その家も伯父さんの一家のアメリカ行きを機会に、市の方に保存を委託した。ばあちゃん付きで、というわけにもいかず、ばあちゃんは結局生まれ育った自分の町の家に帰ってきたわけだ。

「おばあちゃんはね、戦後、本当に苦労されたのよ。農地改革で、田舎の財産はほとんど、没収されたでしょう、屋敷だけは残ったけれど。戦中から田舎に疎開《そかい》されてたから、愛着もあったと思うのよ、すごく。だから、戦後もずっと田舎の屋敷に住まわれ続けたのよ。ご両親は空襲でお亡《な》くなりになるし……。何も知らないお嬢様だったんですもの、そりゃ、人並の苦労じゃなかったと思うわ。親戚《しんせき》に勧められて結婚したおじいちゃんは、あまり、身持ちのいい方じゃなかったし。幸い、この家は貸家にしてずっと残してあったから、今私たちがこうして住めるのだけれどね」

でも、ばあちゃんは自分が苦労した話はしたことがない。そのこと

に水を向けても、

「でも、あの頃はみんなそうだったから」

と、微笑《ほほえ》むだけだった。そして遠い目をするのだ。昔のことに話題がいくときは、ばあちゃんはいつもそうだった。そういうばあちゃんを見ると、私もなぜかしら妙に切なくなるのだった。

まだ、ばあちゃんが寝たきりになる前。

2

今日は、ばばちやまが田舎から今年一番の新茶をもつていらつしやる日。

おかあさまは朝からせはしなくねえやのツネにご用を言ひつけてらした。

ばばちやまはこの時期毎年しばらく我が家に逗留《とうりう》なさる。一週間ぐらゐ前からわが家はその準備で大わらはだつた。

ツネはおからを入れた布袋で、柱や廊下を磨きたて、しつとりとした艶《つや》を出した。電燈《でんとう》のかさも、きれいに磨かれたし、井戸の周りの草も引き抜かれた。

なんだか大晦日《おほみそか》みたい。

ばばちやまはとりたてて厳《きび》しい方ではないけれど、農家を切盛りしてをられる方だから、そのおめがねにかなふやうにしようと思へば、大變《たいへん》だ。

田舍の家では、ばばちやまはいつも毎朝四時には起きて、かまどに火を入れ、お仕事にかかられる。働き者で、女手一つで一人息子のおとうさまをお醫者《いしゃ》にまで育て上げられた。

ばばちやまの茶園は、田舍ではとても大きい方だ。茶摘みの頃には、遠く隣の縣《けん》からも摘み子が加勢にやつてくる。


小さい頃は私も手傳《てつだ》ひに行つた。といつても、むろん手傳ひにはならず、泊まりがけでやつてくる、手傳ひの女の人たちの子どもたちと走り回《まは》つて遊んでばかりだつたけれど。

茶摘みといふのは、お祭りのやうなものなのだ。

毎朝六時頃から、もう皆茶を摘み始めるのだけれど、十時のおやつがとても樂しみ。

ばばちやまの茶園の下の方には、幅五メートルほどの川が、山裾《やますそ》を縁《ふち》どるやうに流れてゐる。その上を、新緑の木々が覆《おほ》ひかぶさるやうにして、木陰をつくつてゐる。その涼しい河原で皆が休憩する。

お茶がいつぱい入つた大きな藥罐《やくわん》が、流れていかないやうにうまく算段され、川の流れの中で冷たくなつてゐる。

お茶受けは、茶蒸しがまの上で蒸された團子《だんご》に、黒砂糖やきなこをまぶしたもの。冷たいお茶に、香りよく蒸された熱々の團子は、格別、おいしい。皆、朝早くから働いてゐたから、子どもたちも轉《ころ》げ回つて遊んでゐたから、おなかがすいてゐる。

摘み子の女の人たちは、すげ笠《がさ》の下には手拭《てぬぐひ》のあねさんかぶり、かすりのはんてん、たすき掛けにして、三幅前掛《みのまへか》け、手には手甲《てつこう》、足にはきやはん、足袋にわらざうり、女ばかりの氣《き》のおけないお茶の時間は、子どもの私の氣分も浮き立つた。

さうさう、遊んでゐて、ほかの子どもたちといつしよに、農道の脇《わき》で驚くほどたくさんの野苺《のいちご》を見つけたことがある。それをせつせと摘んで、冷たい川の水で洗つてざるに入れ、大人たちに回し、驚かれたり喜ばれたりしたこともあつた。

ああ、あのときの私たちのどんなにか得意だつたこと。

あそこはなんて涼しい風が吹いてゐたことだらう。

今朝、私が女學校《ぢよがくかう》へ出かける間際《まぎは》、魚屋さんがお勝手から顔を出した。そしてすまなさうに、今日はしけで、いい魚が入らなかつたと言《い》ひ譯《わけ》をした。

おかあさまは、「まあ、しやうがないわねえ。前々から頼んであるのに」とおつしやつてゐた。でも、それは魚屋さんのせゐではないし、海に文句を言つても始まらないと思ふ。

おかあさまは、山暮しのばばちやまにおいしいお刺身を召し上がつていただきたかつたのだ。そのお氣持ちはわかるけれど。でも、ばばちやまはあまり氣を遣はれるのがお好きではないのではないかしら。

私は、今、學校で西洋料理を習つてゐる。それに、おかあさまといつしよに、近所の教會《けうくわい》のシスターの開いてゐるクッキングの教室にも通つてゐる。だから、わが家の食生活は近頃少し、ハイカラだ。

それはばばちやまのお口にあふかしら。

「お年寄りは、なかなか新しいものに馴染《なじ》まないものよ」

おかあさまはさう悲觀《ひくわん》的におつしやるけれど、私は少しぐらゐ試してみたつて、いいと思ふ。ばばちやまも樂しくお思ひになると思ふ。

たとへば、マカロニー。

それから、ドーナッツ。

胡瓜《きうり》の肉詰めなんかも、珍しがられるかもしれない。

私は人をおもてなしするのが大好きだ。それが大好きなばばちやまだつたらなほのこと。

その朝は、そんなこんなで玄關先《げんくわんさき》でぼんやりと考へごとしてしまつて、七時半にいつも通るしじみ賣《う》りの聲《こゑ》に、慌《あわ》てて家をあとにしたことであつた。

3

自分の常日頃の情緒不安定さかげんが、カフェインの過剰摂取によるものではないかと思い付いたのは、私には革命的な出来事だった。中毒だったのだ。

目から鱗《うろこ》が落ちたようだ。

その考えは、ある深夜、というか、まだほの暗い早朝、五杯目のコーヒーを飲んでいて、ふと、何の脈絡もなしに頭に浮かんだ。

この世からコーヒーがなくなってしまったら一体私はどうなるんだろう。

コーヒーを飲まない朝なんて考えられもしない。実をいうと、日に三十杯はゆうに飲む。一度、豆も粉も、紅茶の葉さえ切らしていたことがあって、それはみじめな思いをしたことがある。

体はだるくて、動くのもおっくうになり、考えはまとまらず、なかなか焦点を結ぼうとしない。人と会っても挨拶《あいさつ》すらろくに出来ない。極端に下がった覚醒《かくせい》レベルは、表情さえ虚《うつ》ろに固定させた。思えばあれは禁断症状ではなかったか。そう考えれば、すべて納得いく。

意味もなくいらいらしたり、泣きたくなるのも。じっとしていると焦燥感で手に汗すらにじむのも。座っていることも、立っていることもできなくて、身の置きどころのなさに、唇までふるえてくるのも。

何といってもいけないのは、やたらに悲観的になったり攻撃的になったりすることだ。しかもその攻撃は、私の場合、ほとんどが結局は自分に向かう。批判の鋭い矢が情け容赦なく内部に突き刺さる。自分で自分の傷を猟奇的に深くして覗《のぞ》き込んでいくような性癖がある。

最後はいつも自己嫌悪《けんお》の激しい嵐《あらし》が吹き荒れて、それが過ぎ去るまでは身を硬くして待つしかないのだけれど、何か救いの道がほかにないかといつも思う。

最近の私の聖書へののめり込みようは、多分、そのせいかもしれない。大学すら宗教関係で選びたいと思っているほどだ。

中毒だったのだ。

カフェインで不安定になった情操が安寧《あんねい》を求めようとして、勢い、神様に向かったのだ。

……うべなるかな……

「やられている」と表現してもいいかもしれない。アルコールに「やられる」ことがあるように。

カフェインに「やられている」。

神様に「やられている」。

……酔っぱらいよ。目をさまして、泣け。すべてぶどう酒を飲むものよ。泣きわめけ。甘いぶどう酒があなたの口から断たれたからだ、か。ああ、まいったなあ。

私はベッドの上にひっくりかえった。外に向けて放つはずの矢が、結局いつも自分に向かう。

例えば昨日は、学校で教師の言ったことにきちんと反論できなかった。どう考えてもその教師は保身のために言っているとしか思えないのに。

生徒自身のため、とふた言目には言いながら、あなたの言っていることは結局自分自身の評価のためではないか、欺瞞《ぎまん》だ、と喉《のど》まで出かかっている言葉が言えなかった。

それは、私自身の保身から言えなかったのだ。それを言ってしまった後の、自分の身に降りかかる敵意と、それから被《こうむ》る不利益を計算して。結局、軽蔑《けいべつ》するところのあの教師と、まったくいっしょではないか。

落ち着くところはいつも自己嫌悪だ。そして、もともと他者に向けてセッティングしたはずの攻撃が、その同等の激しさで自分を責め苛《さいな》む。いつものパターンだ。

やっぱり、熱帯魚だ。私には神経を落ち着かせる何かが必要だ。薬物ではなくて。神様でもなくて。どちらも依存が過ぎると危ない。その点、熱帯魚になら依存してもあまり実害がなさそうだ。

そうだ、そうして健全な精神の緩やかな回帰を目指すのだ。

私はじっとしていられず、上半身を起こした。

しかし、この切羽詰まった必要を、どうやってあの母親にわからせよう。

今まで、親の前では物わかりのいい優等生をやりすぎていた。この不安定な精神状態を、小出しにしながらでも披瀝《ひれき》していった方が、親の覚悟も徐々に決まり、ショックも少なくてすむだろうか。そうしておいて、熱帯魚にかける私の切実さをわかってもらおうか。……いや、もっと他に方法はないものか。親に自分の本当の姿を知らしめるなんて、それに払われるエネルギーの膨大さを考えると——私の側からにしても、親の側からにしても——気が遠くなりそうだ。

思案にくれつつ、私は階下に降りた。

家中寝静まっている。

私の通っている学校は、補習や宿題の多さで有名な進学校だった。体力がないので学校から帰ると疲れ果ててそのまま寝てしまう。気が付くといつもこんな時間。三時か四時。ママも心得ていて、私の分だけ夕食を食卓に残してある。

だが今日はいつもより早く寝覚めた。まだ二時半だ。廊下の奥に微《かす》かに明りがともっている。奇妙な節の呟《つぶや》き声も聞こえる。

……あれ、何だろう。

暗闇《くらやみ》の中で蠢《うごめ》く気配。だんだん近づいてくる。廊下の電燈《でんとう》がつく。

ばあちゃんとママだ。

「どうしたの？」

私は思わずかすれた声をかけた。

「あら、あなた、今夜は早かったのね」

ママが虚ろな声で返事にならないことを言った。

奇妙な呟き声はばあちゃんの口から洩《も》れていたものだった。

……唄《うた》ってるんだな。

私は見当をつけた。

「これからトイレなの」

ようやく、返事がかえってきた。

「毎晩、今ごろ？　大変だねえ、ママ」

私は口先だけでなく深く同情して言った。こんなこと、知らなかった。

「ほんと」

ばあちゃんが、真顔で同意した。私は吹き出しそうになった。それから、急に思い付いて付け加えた。

「あのさあ、それ、私、やってあげるよ。明日から。ママ、寝てる途中で、一度起きるのって大変でしょ。私、ちょっと早く起きればすむことだから」

ママは何も言わなかった。

……あれ、もしかして、泣いてんのかな。

私は慌《あわ》てた。ママも情緒が安定しているとはいえない質《たち》だった。

ママとばあちゃんは離れられない二本の木のようにトイレの方へ去

っていった。しばらくして、トイレの方から声がした。

「ありがとう、コウコ。じゃあ、明日からお願いするわね」

私の予期しないことだったが（少なくとも意識的には）、次の日、熱帯魚飼育の許可が降りた。

4

門から打ち水のしてある小道を、飛び跳ねるやうにして驅《か》け抜け、玄關扉《げんくわんとびら》を勢ひよく引いた。

「ただいまあ。ばばちやま、いらつしやつてる?」

ツネがぱたぱたと奥から出てきた。

「おかへりなさいまし。いらつしやつてますよ。お座敷の方です」

ツネも嬉《うれ》しさうだ。ツネもばばちやまが大好きなのだ。ばばちやまはいつもツネのことを忘れない。私と、ツネの分、いつも揃《そろ》へておみやげをもつてらつしやる。

開け放した廣縁《ひろえん》の硝子《ガラス》戸、開け放した座敷の障子。

もう初夏だもの。

さはさはと、青い楓《かへで》の葉を搖《ゆ》らして風が吹き抜ける。すつかり開放された縁側から、座敷を抜けて、お勝手の窓まで。

「ばばちやま、いらつしやいませ」

私は座敷の敷居のところで簡單に正座してちよこんと兩手《りやうて》をつく。

「まあ、そんなご挨拶《あいさつ》がありますか」

おかあさまが慌《あわ》ててたしなめる。ばばちやまは、深く刻まれたしわを、池に小石を投じた時に出來《でき》る波紋のやうに伸ばして笑つた。

「さわちやん、おかへり。ちよつと見ない間に立派な娘さんになつたねえ」

私はちよつと照れくさくて、

「ばばちやま、ちよつと來て」

と、ばばちやまの手を引く。

「おばあさまはお疲れなのよ。何ですか、歸《かへ》つてきさうさう」

おかあさまの叱責《しつせき》にもめげず、ばばちやまの笑ひ聲《ごゑ》を頼りに、私は手を引っ張り續《つづ》け、廣縁から庭に降りた。

お勝手で際限なく增《ふ》え續《つづ》ける、あはびの殼で緣どつた、私の大事な花壇。

「おや、まあ、これはこれは」

ばばちやまが目を細めた。去年植ゑ込んだ茶の實《み》が、三個芽ぶいてそれぞれ一尺ぐらゐになつてゐる。私とツネで、丹精してここまでにしたのだ。これは、ほかの草花とはまた別にして、缺《か》けのないきれいなあはびの殼でぐるりと圍《かこ》つてゐる。

「來年《らいねん》は、茶摘みが出來ると思ふわ」

私は眞面目《まじめ》な顏で祕密にしてゐた未來の展望を語つた。

「さうだね、何年かしたら、この家で飲むお茶は、けつこうこれでまかなへるかもしれないね」

ばばちやまは、なんでこんなに私の氣持《きも》ちがおわかりになるのだらう。私が家計の役に立つなんて。

考へるだけで、誇らしさで胸がいつぱいになる。

「さわこは茶の葉の手もみが上手だつたからね。今でも覺《おぼ》えておいでかい」

私は大きくうなづく。ばばちやまは嬉しさうに笑ふ。そして、

「ここの庭木は相變《あひか》はらずいい具合ひだね」

と、あちらこちらと目を遣《や》りながらおつしやつた。

塀《へい》に沿つて、私の大好きなフランス菊がきれいに咲きそろつてゐる。今朝も、これで花束をつくつて學校の教壇に飾つておいたら、新任の翠川《みどりかは》先生がたいそう喜んで下すつた。そんなことを、ちらりと思ひだした。

「私はついつい、手入れを忘れがちなんだけれど、おかあさまがよく水やりや草ひきをしておいて下さるの」

「さわちやんはいいおかあさまをお持ちだね」

このお聲はおかあさまに届《とど》いたかしら。私はちらりとお座敷の方へ目を遣る。殘念《ざんねん》。おかあさまはゐない。

ばばちやまは兩手を後ろ手に組んで、庭をゆつたりとまはられる。私はお付きの説明役といつたところだ。

ちやうど井戸のそばまでくると、ばばちやまは思ひ出したやうに言つた。

「さうさう、早なりの瓜《うり》を、ツネに冷やしておいてもらつたんだよ。さわちやんが學校へ行つてゐる間に。そろそろだよ。みんなで食べようか」

わあい、と私は子どものやうに叫んで、慌てて口を抑へ、少し赤くなつた。折角《せつかく》「立派な娘さんになつた」と言つていただいたのに。

ばばちやまは、また、目を細めてお笑ひになつた。

ばばちやまのおみやげは、木彫りのフランス菊のブローチだつた。花びら一枚一枚に、纖細《せんさい》なふくらみが持たせてある。一目見て手の込んだものだとわかつた。こんな素敵なブローチは初めて。ツネにもお揃ひが用意してあつた。ああ、ほんとに、ばばちやまはなんていい方なんだらうと思ふ。

「ありがたう、ばばちやま」

ばばちやまは夜なべで仕上げられたのに違ひない。ただでさへ、お忙しいのに。私は感謝の氣持ちで胸が熱くなつた。

「何より心の籠《こ》つたおみやげですわ、見事な彫り」

おかあさまが横から覗《のぞ》いて感嘆した。

ばばちやまの唯一《ゆいいつ》の趣味は、香木で小さな木彫りの觀音樣《くわんおんさま》を彫ることだつた。ばばちやまは六人も子どもを産んだけれど、結局、育つたのは私のおとうさま一人だつた。さういふことも、關係あるのかもしれない。

「喜んでもらへて、何より」

ばばちやまは、満足《まんぞく》さうにお茶をすすつた。

ばばちやまの家は、つまり、わが家の先祖は、ずつと昔、室町の戦《せん》亂《らん》の頃、武士を捨てて、土着した。それから、江戸時代もずつと、代々庄屋をつとめてきた。だから、農家なのだけれど、門構へは立派で、お座敷も廣い。全部襖《ふすま》を外すと、本當《ほんたう》に廣い。れんじ窓で夏は涼しいけれど、冬は寒い。

廣い土間があつて、古くてどつしりしたかまどが並んでゐる。そこを上がると板の間なのだけれど、うちの板の間と違つて、黒くつて、何と言ふんだらう、長年煙にいぶされ續けた艶《つや》がある。

私は、正直に言ふと、ばばちやまのおうちの土間が恐《こは》い。だつて、普通の土ぢやないんだもの。でこぼこしてゐて、硬くて、死んでゐるみたい。死人の土。そのくせ、何百年もの無念が染《し》み込んでゐるやうな。

夏の陽射《ひざ》しの中で走り回《まは》つて遊んだ後、喉《のど》が乾くと、土間に据《す》ゑてある水瓶《みづがめ》の水を柄杓《ひしやく》ですくつて飲んだ。土間に入らうと、敷居を跨《また》ぐとき、その明るさの違ひに瞳孔《どうこう》がついていけなくて一瞬目の前が眞《ま》つ暗《くら》になる。

背中の後ろは陽がかんかんに射してゐて、蟬《せみ》が鳴いてゐるのに、土間は眞つ暗でひんやりとしてゐて、幼心にも、明るい陽の當《あ》たる世界と、なんだか暗い、恐いやうな世界があることが肌でわかつた。ばばちやまは、さういふ兩方の世界に、かうして敷居を跨《また》ぐやうにバランスをとり、君臨してらつしやるのだ。

少し恐くて、尊敬してゐる。

5

日曜日、私は、早速近所の熱帯魚の専門店へ行き、売り出されていた水槽のセットと、底に敷く砂、水道水の中和剤などを買ってきた。水槽は一番小さいものにした。

家に帰って、風呂場《ふろば》で丹念に砂を洗った。何度も水をかえて根気よく洗ったが、なかなか思ったようにはきれいにならなかった。

もうこの辺で手を打とう、と半ば匙《さじ》を投げて、同じくきれいに洗った水槽の中に入れた。このまま水を入れてしまっては、持ち運びできなくなるのは目に見えていたので、空《から》のまま居間にもっていき、サイドテーブルの上に置いた。こうしておいて、あとで水だけバケツで運び入れたらいい。

このサイドテーブルは、物置の隅に眠っていたもので、かなりの年代ものだ。浅い引出しが一つ付いているが、ほとんど役に立たない。この引出しがついているせいで、「サイドテーブル」としての格も落ちるし、高さも足りないので勉強机にもできない。引出しだって、こんなに狭くて浅ければ、せいぜい鉛筆入れぐらいの用しか足さない。

そんなこんなで、私が生まれる前からすでに物置の一隅を占めて、普段使わない大きな蒸し器とかの台になっていた。

熱帯魚を飼うのはいいにしても、水槽をどこに置こうという話になったとき、日曜日珍しく家にいて昼食を共にしていたパパが、

「あれの上に置いたらいい、ほら、物置に古い台があっただろう」

と、提案した。ああ、そうね、あれがいいわ、ぴったりよ、とママも賛成した。

私は自分の計画が、「壁に組み込まれたシュールな水槽」という、最初の青写真から、どんどん遠のいていくのを感じていたが、もとも

と事を荒立てたくない性格なので、つい、「じゃ、あれ、運び入れとくね、水槽買う前に」と言ってしまっていた。

……馬鹿《ばか》だ。

この上に置くんだったら、方向を修正してレトロな金魚鉢かなんか買った方がよっぽどいい。

「コウコがね、パパ。夜中のおばあちゃんのトイレの付添い、やってくれるって言うのよ」

席をたった私の後ろでママが自慢そうに言っている。

ママは昔から私が自慢なのだ。

読書好きで成績のいいコウコ。絵でも作文でも飛び抜けて上手だったコウコ。クラスのいじめられっ子にはいつも優しかったコウコ。

「コウコちゃんはまるで天使みたいって、小さい頃はよくお友達のおかあさんたちに言われたものよ。あの子、そのまんま、大きくなってくれたわ」

ママの自慢はいつまでも続く。

もちろん、ママだって、こんなこと他人の前では言わないぐらいの節度はある。パパ、に向かって、ママは声を大にして自慢するのだ。繰り返し繰り返し。繰り返し繰り返し。いつだって。娘の善良さを。なんだかわからないけれど、うさんくさいものを感じて、そういうときはパパも私も早めに退散する。


サーモスタットとフィルターを通電させる。モーター音がブーンと響く。水が吸い上げられ、濾過《ろか》されてまたかえってくる。生命の循環の始まりだ。

モーターのスイッチを入れた瞬間、世界の創世に立ち会ったような気分になった。

「あ、そのテーブル、どこにあったの」

突然、びっくりするぐらい明瞭《めいりょう》な声でばあちゃんが叫んだ。ベッドの上の顔がまっすぐにこちらを向いていた。

「……物置」

度胆《どぎも》を抜かれて私はようやく返事をする。最初、ばあちゃんの声だということがわからなかった。

「まあ。ずっと探していたのよ」

ばあちゃんの口ぶりは若い女の子のようだった。いつもの、半分閉じているような、どこを見ているかわからないような目付きが嘘《うそ》のように、いたずらっぽい、力のある目で私をまっすぐに見ていた。

「……探してたんだ」

呆然《ぼうぜん》とした私は、おうむがえしに繰り返した。

「そうよ。知ってたくせに。あなた、いつだってそうだったわ」

私は急に心臓がどきどきする。

何だろう、ばあちゃんのこの異常な覚醒《かくせい》ぶりは。まるで自分の心の裏側を相手にしゃべっているようだった。

ばあちゃんが、意志や感情を持った一人の人間、という事実を長らく忘れていた。今、急にその事実に直面する心の準備はなかった。ましてやばあちゃんの不気味な会話に入っていく勇気など。

私は本能的に会話の方向を変えようとした。ほとんど恐怖に駆られて。

「今日は調子いいみたいだね」

私は恐る恐る緊張した声をかけた。

「何の？」

ばあちゃんはどこまでも屈託がない。

「うーん、体とか、気分とか。大体、いつも、あんまりおしゃべりしないじゃない」

「ママの前ではいい子でいなくちゃ。ママがあたしを好きでなくなったら困るもの」

……え？

これは、まだばあちゃんの声だろうか。もう自分の独《ひと》り言に入っているのだろうか。私は一瞬虚をつかれてぼんやりした。

そのとき、ドアの向こうでママの声がした。

「コウコ、誰としゃべってるの」

ママがドアを開けた。

「おしゃべりの声が聞こえてたけど……」

「あ……」

ばあちゃんと、と言おうとして、言いよどんだ。

「独り言」

「まあ、変な子ねえ」

そう言って、ばあちゃんの方を向いた。花柄のタオルケットを被《かぶ》ってばあちゃんは寝ていた。

……うそぉ。

「よく寝てらっしゃる。でも、そろそろお起こししないと、リズムが狂っちゃう。コウコ、三時になったらお茶ですよって声をかけてあげて」

私は狐《きつね》につままれたような気分で、とりあえず、返事をした。

「……わかった」

今朝、コーヒーの量を意識して減らした。そのせいだろうか。これは禁断症状の一つなのだろうか。

その日、ばあちゃんは、ずっと、いつものままだった。幸いなことに夜中トイレに行くときも。あれは何だったんだろう。

真夜中、突然あの口調でしゃべられたら卒倒する、と、私は恐れをなしていたのだった。

6

近所の教會《けうくわい》のシスターのところへ、新茶のおすそわけに行つた。散歩がてらに、ばばちやまも御同行。

ホールに入ると、ちやうど夕陽が西の高窓のステンドグラスに射《さ》し込んでゐて、息をのむやうに美しかつた。

「ばばちやま、あれはエンゼルさまよ」

私は思はず小聲《こごゑ》で息をひそめてばばちやまにささやいた。

「さわちやんによく似ておいでぢやないか」

ばばちやまはこともなげにおつしやつて、私を慌《あわ》てさせた。

「大天使ミカエルさまは、それは御位《みくらゐ》の高い天使さまなのよ。ほら、お背なに羽がはえてらつしやるでせう。そんなこと、おつしやつたらいけないわ。罰が當《あ》たるわ」

「ここの神様《かみさま》もバチをおあてになるのかい」

そのとき、ちやうどシスターが出ていらつしやつて、私は眞《ま》つ赤《か》になつた。シスターは、お耳に入つてゐたのか、ゐなかつたのか、多分、おわかりにならなかつたと思ふ。ばばちやまはそれあ早口でおしやべりになるから、外國《ぐわいこく》からいらしたシスターには失禮《しつれい》ながら聞き取りにくかつたのではないかしら。さう思ひたい。

「孫と嫁がいつもお世話になつとります。これは田舎の手みやげですけれど、お納めなすつて下さいまし」

ばばちやまは幾分硬い口調で言つた。シスターは、アメリカの方なので、外國の人としやべるのは、ばばちやまには初めての事だつたのだらう。

「ありがたうございます。開けていいですか」

シスターがにこやかにおつしやると、ばばちやまは硬くなつてうなづいた。

「まあ、いい香り。日本のお茶、私、大好きです」

「よかつたです」

ばばちやまは變《へん》な日本語で應《おう》じた。

「さわこはとても優秀な生徒ですよ。お菓子、上手につくります。今度、日本のお茶にあふお菓子、レッスンしませうね」

私はなんだか嬉《うれ》しくなる。大好きなばばちやまを、大好きなシスターに紹介できて。ばばちやまも、すつかりシスターが氣《き》に入つたらしくて、歸《かへ》る道すがら、

「さわちやんたちが、お稽古《けいこ》に行くとき、ばばも見學《けんがく》に行かうかねえ」とおつしやつた。

「ええ、是非是非。ごいつしよしませうねえ、ばばちやま、約束」

私は嬉しくて嬉しくて、すぐさま小指を切つた。

けれど、その約束も、すぐには實現《じつげん》しなかつた。

いやしんぼして、瓜《うり》を食べ過ぎたのがいけなかつたのか、その夜私は發熱《はつねつ》してしまつた。おなかもすこうし痛かつた。陀羅尼助《だらにすけ》をのまされて、早めに寢《ね》かされた。

次の朝、もう腹痛はをさまつてゐたけれど、まだ微熱が殘つてゐたので、大事をとつて學校を休むことになつた。翠川《みどりかは》先生は心配して下さるだらうか。

日中は一階の方が涼しいから、といふので、下のお座敷にお布團《ふとん》が敷かれた。なんだかお客さまになつたみたいだ。二間續《つづ》きのお座敷の、襖《ふすま》の向かうでばばちやまが障子にはたきをかけてゐる音が聞こえる。

朝食の後、夕食の支度にかかる前、ばばちやまは日に二回、決つてお掃除をなさる。

「そんなこと……」と、おかあさまは慌てるが、自分の寝《ね》る部屋だけは、と毎回ばばちゃまは頑として譲《ゆづ》らない。

はたきの、細かく裂かれた和紙が、障子紙に當《あ》たる音の何と心地よいこと。パサパサパサパサ……。

私はついうとうとする。

バラバラッといふ音ではつとする。ああ、これはばばちゃまが絞つた茶がらを疊《たたみ》にぢかに撒《ま》いてゐる音だ。さうしておいて、箒《はうき》で掃き集めるのだ。懐《なつ》かしい、ばばちゃまにまつはる生活の音だ。

雑巾《ざふきん》を絞る音。敷居や障子の棧《さん》を拭《ふ》き清める音。疊をから拭きする音。目には見えなくても、音だけでばばちゃまが何をなさつてゐるのかすぐわかる。その音は私をゆつたりと安心させ、またうとうとと眠りに入る。

お晝《ひる》には、ばばちやまが茶がゆを枕元《まくらもと》まで運んで下さつた。

「もう、私、起きられるわ、ばばちやま」

「まあ、まあ、もうしばらくさうしておいで」

ばばちやまはなだめるやうにおつしやつた。はうじ茶でつくつた茶がゆは、鹽《しほ》が效《き》いてゐて、おいしかつた。

「少し、暑くなつてきたね」

今日はあまり風の吹かない日だ。町内を行く金魚賣《う》りの聲が、氣《け》だるげに響く。

「風神を呼ばうかね」

ばばちやまは何氣なくおつしやつて、細い、細い口笛をお吹きになつた。おかあさまは、口笛を吹くなんて、お行儀が惡《わる》いこと、と絶對《ぜったい》にお許しにならないけれど。

小さい頃、茶園の土手に腰掛けて、よくばばちやまにせがんで風神招きをしていただいた。細いけれども、高くどこまでも伸びていく獨《どく》特《とく》の節回《ふしまは》しでばばちやまが口笛を吹くと、どんな風のない日でも、必ず優しい一陣の風がやつてきて、私はいつも驚いたものだつた。

でも、こんな町中で？ と、私は一瞬危ぶんだけれど、ほどなく律《りち》儀《ぎ》な風が私の頬に觸《ふ》れ、額を撫《な》でていつた。

遙《はる》か、茶園の丘の青い空の上から、山を抜け、谷を渡り、川面《かはも》を搖《ゆ》らし、線路を傳《つた》ひ、電線を震はせして、つひにわが家の庭までたどり着いたのだらうか。

本當《ほんたう》に不思議だ。

7

いよいよ、熱帯魚を買ってくる。

エンゼルフィッシュ二匹と、ネオンテトラ十四匹だ。この組合せが、私には熱帯魚屋の店頭の無数の水槽の中で、一番美しく思えた。しかも、名前がいい。

エンゼルフィッシュ。

最近、聖書に凝っている私には、親しみやすい名前だった。

「ああ、きれいだ」

蛍光灯の光の下で、ゆうゆうと泳ぐ二匹のエンゼルフィッシュと、キラキラ光る十四のネオンテトラは、完璧《かんぺき》な組合せのように思えた。

……でも、もう十四ほど、ネオンテトラを増やしたっていいかもしれない。

キラキラ、が、キラキラキラキラキラになるわけだ。

いつもより早く起きた私は、階下に降りた。ばあちゃんのトイレまでまだ間がある。

水槽の前にリラックスチェアをおいて、魚の動きを楽しんだ。

……ああ、やっぱり正解だった。なんだか脳の奥の方から回復していくような気がする。

私は、すっかりくつろいで、うつらうつらし始めた。水槽のモーター音が辺りに響いていた。昼間はそんな音などあまり気にならないのに、なぜ夜はこんなに空中の振動まで触れるように思うのだろう。

そのとき、

「ねえ」

はっきりとした口調で、ばあちゃんが呼んだ。

途端に、私は動悸《どうき》が激しくなった。冷汗が出た。

「ねえったら」

仕方がない。私は観念して立ち上がった。

「何、ばあちゃん」

「ばあちゃんなんていやだわ。さわちゃんって呼んで」

さわこ、というのが、ばあちゃんの名前だ。

ばあちゃんは、やっぱり、おかしい。普通じゃない。私が孫だって
わかってないんじゃないだろうか、と思ったが、口をついて出た言葉
は、

「さわちゃん」

だった。のりやすさに自分でもびっくりする。

なんで私はこうなんだろう。

癖が付いてるんだな、きっと、と馴染《なじ》みの自己嫌悪《けんお》に駆られながら
私は思った。

「ありがとう。あなたは、コウちゃんね？」

「そう」

この、男の子っぽい呼び名は昔から気に入っていた。名前を名乗りあうと、不思議にもう恐怖感はなかった。

……わかってるんだ、私のこと。頭のどっかでは。

そう思いたい。

「トイレ」

「そうだね、そろそろ行こうね」

目付きや言葉付きはしっかりしていても、体はやはり自由にならないらしかった。

まず上半身を抱えて起こし、足をずらせてベッドの端に座らせ、それから脇《わき》を抱えるようにして立ち上がらせる。すえたようなにおいが鼻孔をつく。

ばあちゃんのいる座敷とトイレとの間には、庭に面した広縁がある。

籐椅子《とういす》を避けながらトイレまでたどり着くと、衣服の始末をして、座らせる。水音がしたら、声をかけてドアを開け、逆の手順を繰り返す。

「ねえ、コウちゃん」

ばあちゃんは、戻りの道中、一歩一歩ゆっくりと進みながら話しかけた。

「ちょっとそこで、ひと休み」

ばあちゃんは広縁のソファを指した。

私は言われた通りばあちゃんをソファに腰掛けさせ、自分も腰掛けた。

庭には夜目にもこんもりと三本の庭木が茂っている。

「大きくなったわ、あの木」

ばあちゃんはよくあんなものが見えると思うぐらいに視力を回復していた。

「椿《つばき》か山茶花《さざんか》かよくわかんないんだけれど、貧相な白い花が咲くよ、毎年」

「あれは、私が植えたのよ」

ばあちゃんは憮然《ぶぜん》として言った。

「え、さわちゃんが」

「そう」

「椿でも山茶花でもないわ、お茶の木なの。正真正銘の、由緒《ゆいしょ》正しい。疎開前には、私が茶摘みして、蒸したり、手もみしたり、ほうろくで煎《い》ったりして、ご近所にもお配りして喜ばれたものよ」

さわちゃんは遠い目付きをして言った。

「ふうん」

……そうか。お茶って自分で作れるのか。

「コウちゃんもやってみたらいいのに」

「うーん。暇がないと思うけど」

「どうして」

「スケジュールが目白押し。ほんとはこんなことしている時間もないんだよ」

ちょっといらついていたかもしれない。私は言ってからしまった、と思った。

「そう。悪かったわね。お時間おとりしまして」

さわちゃんは、つんとした表情ですまして言った。それから、

「もう寝る」

と言って立ち上がろうとし、慌《あわ》てた私の助けを借りてベッドまで行く

と、本当に寝てしまった。

……ばあちゃんってこんな人だっけ。

昔は、私が遊びに行くとにこにこと優しくて、おこづかいをくれたり、いっしょにお絵かきをしたりして、私には怒られた記憶がない。けれど従兄弟《いとこ》たちはしょっちゅう叱《しか》られていた。私は、その気兼ねのなさをかえってうらやましく思ったりしたものだったけれど。

私はベッドの脇で頰杖《ほおづえ》をついて、つくづくとばあちゃんの顔を見た。相変わらずしわしわだけれど、手入れのよく行き届いていた肌は、張りがなくなっているとはいえ、昔はさぞ、と思わせるものがあった。けれど、口元には締りがない。

……あ、よだれがたれそう……

私は慌てて、ティッシュで押さえた。それから、ゆっくり立ち上がり、

「おやすみ、さわちゃん」

と言って二階へ上がった。夜が明け始めていた。

8

次の日、お腹《なか》もすつかりよくなつて、學校《がくかう》へ通ふ途中、門の前で親友のかーこに會《あ》つた。

「もう、だいぢやうぶなの？」

かーこは私を見つけると、嬉《うれ》しさうに走り寄つてきた。そして、ふふつといたづらつぽく笑ふと、

「鬼の霍亂《くわくらん》」

と耳元でささやいた。

「まあ、ひどい」

私は腕を振り擧《あ》げてぶつふりをした。かーこは、笑ひながら、おほげさにそれを避けた。

「許されてえ」

「しやうがない人ね、ほんとに」

そのとき、かういふたあいのないやりとりを、さも、子どもつぽい、と言はんばかりにじろりと一瞥《いちべつ》して脇《わき》を通り抜けていく一群があつた。山本公子さんと、そのとりまきだ。

山本さんは、とても勉強がお出來《でき》になつて、特待生でこの學校へ通つてらつしやる、小さくてか細くて、見た目はとてもはかなげな風情《ふぜい》の美少女だ。山本さん自身は、そんなに戰鬪《せんとう》的な方ではないのだけれど、とりまきの方々に少し、問題があると思ふ。

實《じつ》は、私のクラスは、かーこを中心とする、山手から通ふグループと、山本さんを中心とする、海岸に近い地域からくるグループに二分されてゐる。山本グループは、山本さんのことを、きみさま、と呼び、ごく親しい人たちは、コウちやん、と呼んでいるのですぐ見分けがつく。

私は、本當《ほんたう》は山本さんと友達になりたいと思つてゐるのだけれど、いろいろな事情がその道を阻《はば》んでゐる。かーこは、小さいときからの親友だし、彼女のゐるところが私のゐるところ、と皆が信じて疑はない。そのかーこが、親の敵《かたき》のやうに、山本さんグループを嫌つてゐるのだ。

「なに、今の、嫌な感じ」

かーこは急に顔色を變《か》へて、通り過ぎていつた一群をにらんだ。

「氣《き》にしないで」

「私、氣になるわ」

「急がないと、遲刻《ちこく》してよ」

私は、むりやり話題を變へると、かーこを急がせた。

教室へ入ると、山本さんのグループが、窓際《まどぎは》の山本さんの席の邊《あた》りに固まつてゐた。私たちが入ると、ちらり、ちらり、とこちらを見た。

「おはやう、もう、よろしいの？」

ばらばらと、その邊りにゐた友人が寄つてきた。

「ええ、心配、かけたわね」

「昨日は、さわちやんがゐなかつたので、私たちの班はだいぶ苦戰してしまつたのよ」

「それはご迷惑さま。今日はもう、大船に乘《の》つたつもりでいらしてよろしくてよ」

「まあ、たのもしいこと」

かーこは目を丸くしておどけてみせた。その表情が大仰《おほぎやう》で、皆、吹き出した。

私たちは放課後、西洋料理研究班といふ活動をして、女學校の同じ敷地内の女子修道院のシスターから、お料理を習つてゐる。私は玉子の白身の泡立てが得意だ。拍子をとりながら、輕《かる》く手首だけを動かすのがコツなのだけれど、皆、最初から腕に力を入れてやるものだから、ぢき、音をあげてしまふ。

始業のベルが鳴り、私たちは慌《あわ》てて席についた。がらりと、戸が開いて、翠川《みどりかは》先生が、出席簿を片手に入つてこられた。すぐに私の姿をとらへて、につこりと微笑《ほほゑ》んで下すつた。

始業のお祈り、讃美歌《さんびか》の合唱のあと、順番の生徒が立ち上がり、聖書の好きな箇所を讀《よ》むことになつてゐる。今日の當番は山本さんだ。

「では、お當番さん」

翠川先生が促すと、よく通る涼しい聲《こゑ》が教室中にこだました。

「はい。ヨシュア記。十章二十八節から。

『ヨシュアかの日マッケダを取り、刃《やいば》をもて、これとその王とを撃ち、彼の地とその中なる一切《いつさい》の人をことごとく滅ぼして、ひとりも遺《のこ》さず、エリコの王に爲《な》したるごとくに、マッケダの王にも爲しぬ。

ヨシュアまた一切のイスラエル人を率ゐて、マッケダよりリブナに進みて、リブナを攻めて戰《たたか》ひけるに、エホバ、またこれとその王をもイスラエルの手に渡し給《たま》ひしかば、刃をもてこれとその中なる一切の人を討ち滅ぼし、一人をもその中に遺さず、エリコの王に爲したるごとくにその王にも爲しぬ。

ヨシュアまた、一切のイスラエル人を率ゐてリブナよりラキシュに進み、これに向かひて陣をとり、これを攻めて戰ひけるに、二日目にこれを取り、刃をもてこれとその中なる一切の人々を撃ち滅ぼせり。凡《すべ》てリブナに爲したるがごとし。

時にゲセルの王ホラム、ラキシュを助けんとてのぼりきたりければ、ヨシュア、彼とその民とを撃ち殺して、つひに一人をも遺さざりき。

かくてヨシュア、一切のイスラエル人を率ゐてラキシュよりエグロンに進み、これに向かひて陣を敷き、これを攻めて戰ひ、その日にこれを取り、刃をもてこれを撃ち、その中なる一切の人をことごとくその日に滅ぼせり。凡てラキシュに爲したるがごとし。

　ヨシュアまた一切のイスラエル人を率ゐて、エグロンよりヘブロンに進みのぼり、これを攻めて戰ひ、やがてこれを取り、これとその王およびその一切の邑々《むらむら》とその中なる一切の人を刃にかけて撃ち殺して一人も遺さざりき。凡てエグロンに爲したるがごとし。卽《すなは》ちこれとその中なる一切の人をことごとく滅ぼせり。

　ヨシュアかく此《この》全地、すなはち山地、南の地、平地、および山腹の地ならびにそのすべての王等を撃ち滅ぼして、人一人をも遺さず、凡て氣息《きそく》するものはことごとくこれを滅ぼした』」

　また今日はぞつとするやうな箇所をお選びになつたこと。ちよつと變はつてらつしやるわ、やつぱり。

山本さんは、小柄で色が白くて、お雛様《ひなさま》のやうな整つた顔立ちだけれど、滅多に微笑んだりなさらない。いつも、凜《りん》、とした空氣がその周りに漂つてゐるやうで、髪を短く刈り上げてらつしやるところは、少年のやうだ。だから、コウちやん、といふ呼び方が、親しい方々の間で定着したのだと思ふ。

山本さんのきりりとした横顔を、朗讀《らうどく》の合間、ちらりちらりと盗み見て、ああ、私も山本さんのことを、コウちやん、と呼んで、家へご招待して、ばばちやまに紹介できたらどんなにいいかしらと、考へてゐた。ばばちやまと、山本さんは、どこか似たところがある。きりりとして、人に媚《こ》びないところ。ばばちやまはきつと、山本さんがお氣に入りになるに違ひない。

さういへば、翠川先生も、さういふところがある。私は、おかあさまのカメオの浮き彫りのやうに端正な、白い美しい翠川先生の横顔を、見つめた。

翠川先生は特別だ。

ピン、と糊《のり》をきかせた開襟《かいきん》ブラウスの、まぶしいやうな白さが、先生の清純さをよく表してゐると思ふ。ギリシャ彫刻の塑像《そぞう》のやうに、犯し難い氣品があつて、しかも、とても、お優しい。初めて教壇にお立ちになつたとき、そのマリヤ様のやうな慈愛に滿ちた微笑みに、私たちは魅了された。

「……遙《はる》か遠い國《くに》から、このやうな高名な大司教様が日本にいらつしやるといふのは、とても稀《まれ》なことです。しかも、そのご視察地の候補に、日本の姉妹校の代表として我が校が選ばれたといふのは、大變《たいへん》、名譽《めいよ》な事なのです……」

翠川先生は、淡々と、あまり抑揚をつけずにお話しになるので、おつしやつてゐることにそれほど感情がこもらない。だから、冷たい感じがする、といふクラスメイトもゐるけれど、殘念《ざんねん》ながら、先生びいきの私にもそれは否定できない。

「……ですから、皆さんは、この學校の代表として、眞《しん》にふさはしいと思はれる方を推薦しなければなりません……」

一瞬、教室がざわつと搖《ゆ》らいだ氣がした。學校の代表として、大司教樣にお茶をお出しし、その傍らで歡迎《くわんげい》の演目の説明をし、質問にお答へするといふ、重大なお役目。

皆の視線が一齊《いつせい》に山本さんに注がれた。それから、かーこと、私に。

「私、絕對《ぜつたい》、佐伯《さへき》さんを推薦するわ」

休み時間に、中庭で友人の一人のミコが、語氣荒く斷言《だんげん》した。佐伯さん、といふのはかーこの姓だ。

「でも、きつと、あの人たち、山本さんを押し立ててくることよ」

かーこは、出たいとも、出たくないとも言はなかつた。

「なにかいい知恵《ちゑ》はないものかしら」

「要は、山本さんが代表にふさはしくない、といふことになれば、いいんでせう」

だれかが低い聲音《こわね》で言つた。誰だつたか、思ひ出せない。

もしかすると誰も言はなかつたのかも。

皆の心の中の聲がさういふふうに感じられただけなのかも。

空氣が急に重くなり、そのとき、なんだかみんなの顔が、狐《きつね》のやうな嫌な感じになつた。吹く風もなく、空氣はそのまま澱《おり》のやうに沈んでいつた。

「あの方の今日の聖書、おききになつたでしよ。あれ、どういふおつもりかしら。あんなところを讀んだ人つて、今まで知らないわ」

「あれは、私たちに對する宣戰布告、とみたわ」

それはまた、あまりに短絡的、山本さんはそんな人ぢやないと私は口を挾《はさ》まうとしたが、言へなかつた。

なんだかみんなの眼が變な光を帯《お》びてゐた。

「あれには本當、びつくりしたわ」

「さうね、その眞意をおききするくらゐしたつてかまはないことね」

皆はますますいきり立つ。

そのとき、柱廊のところで、圖書《としよ》係の丹澤《たんざは》さんが、大きな聲で私たちを呼んだ。

「みなさーん。翠川先生が、教材を運んで下さいつて呼んでらつしやるわ」

その聲は高く響き、回廊《くわいらう》を渡り、涼しい、さはやかな風を呼んだ。よどんだ空氣は一掃され、皆の頬はいつぺんに健康な乙女のそれに變はつた。

「お先」

私は一番に驅《か》け出した。

「ああ、ずるい、私も」

「待つてえ」

「待たない」

私たちは、團子《だんご》のやうになつて、笑ひころげながら、我先へと教材室を目指した。それでなくてもよく音の響く中庭で、皆の笑ひ聲は高く空に抜けていつた。

本當に、私たちの氣分の、萬華鏡《まんげきやう》のやうにころころと變はること。

9

早速、ネオンテトラ十四、買い足して水槽に放した。

やっぱり、思った通りの効果だ。キラキラキラキラキラになって、えもいわれず美しかった。

私が、リラックスチェアの上で、いつものようにうっとりと見とれていると、

「ねえ」

と、またばあちゃんが声をかけた。

「なに、トイレ？」

予想していたので、今回私はそれほど驚かない。

「最近、ずっと、変な音してるでしょ、ぶーって」

「ああ、これ、熱帯魚の水槽のモーター。水をきれいにしているの。

さわちゃんも見る？　熱帯魚」

「そうね。そのうち」

意外なことに、ばあちゃんはそれほど興味を示さなかった。

「さわちゃん、音、気になる？」

「そうね」

ばあちゃんは素直で屈託がない。

「ごめん、私、そこまで考えなかった」

水槽の置いてある居間は、もともと和室で、ばあちゃんの寝ている座敷とは二間続きだった。考えてみれば音が響くのはあたりまえだ。

一階は、ほかに、台所とその横の昔の女中部屋（今は納戸《なんど》として使っている）、パパの書斎兼応接室で、やはり、ばあちゃんにいてもらう部屋はこの座敷しかない。

「どうしよう。水槽、私の部屋に移そうか」

私は考えながら提案した。ばあちゃんは、打ち明け話でもするような親密な感じで、ぼそぼそしゃべり始めた。

「昼間はいいの。うとうとしているし、いろんな雑音に紛れて、気にならないの。夜中に、しーんとしているとき、その音が響くと、私、起きちゃうの。なぜだかわからない」

「さわちゃん、もしかして……」

ばあちゃんが、夜中に突然、少女のような声音でしゃべり出すのは、このモーター音に関係しているのだろうか。

私は、急に頭に浮かんだそのことを、ことばにしようとして、けれど、かろうじて思いとどまった。なぜだか、ばあちゃんに対してひどく失礼な気がしたのだった。

しかし、もし、ばあちゃんの、この突然の覚醒《かくせい》が、モーター音に関係しているとしたら、それをばあちゃんから遠ざけることは、ばあちゃんをまたもとの眠り姫に戻してしまうことになるのではないだろうか。

私は考えた。

……私は、今のばあちゃんを、確かに煩《わずら》わしいと思っているところもあるけれど、それは消えてしまえばいいというほどではない。もし、ばあちゃんが、平穏な眠り姫の生活をかき乱されたくないと思っているなら別だけど。

「さわちゃん、もし、このモーター音がうるさかったら、水槽、私の部屋にもっていくけれど……」

私は、ゆっくりと、言葉を切りながら言った。ばあちゃんはちらりと私を見遣《みや》ると、やはりゆっくりと、

「でも、そうしたら、私、コウちゃんとこうしてお話し出来なくなるかもしれない。私、消えてしまうかもしれない」

と、視線をそらしながら言った。

……ばあちゃん、気づいてるんだ……

胸を衝《つ》かれた思いだった。この、変な関係を。祖母と孫でありながら、対等な友人同士のような変な関係。対等な友人同士でありながら、世話をするものされるもの、庇護《ひご》するものされるもの、という変な関係。

ばあちゃんは、それからまっすぐに私を見つめて言った。

「だから、それはコウちゃんによる。コウちゃんが、どう思っているかに」

ばあちゃんのまっすぐな視線は、真剣のように私に突きつけられた。

「さわちゃんは、うるさくてもいいの？」

ばあちゃんは、黙ってこっくりうなずいた。

「じゃあ、私も、こうしてさわちゃんとお話し出来る方がいいな」

正直に言って、それはそのとき本心ではなかった。無意識のうちに周囲のニーズに合わせてしまう、私のいつもの癖が出たのだ。決断を迫られる場面ではいつもそうだ。

けれど、それで、ばあちゃんの目はぱっと輝いた。ほうっと、胸をなでおろす音が聞こえた気さえした。

ずっと、後になって、私は、本心、というものが、それを言った当初はそう思えなくても、実はだんだんにそれに近づいていくこともあるのだと思った。むしろ、そのときにはわからなかった本心が、ひょこっと顔を出す、ということがあるのかもしれない。

それを考えると、時間というものは不思議だと思う。その時点ではわからずにいた言動が、あとになって全体を振り返ってみると、あらかじめ見事にコーディネイトされた一つのテーマに統一されているようにも見えるのだ。

「トイレ、行こうか」

ばあちゃんが、照れくさそうに言った。

「おうし」

私はわざと力強い声を上げた。

トイレからの帰り道、ばあちゃんは熱帯魚の前で立ち止まった。

「これ、全部コウちゃんがやったの？　草とか、石とか置いたの？」

「そうだよ。砂洗うの、大変だったんだから」

「へえ。コウちゃんは、じゃあ、神様ね。この水槽の創造主」

「うーん」

ばあちゃんをベッドへ戻すと、私はもう一度熱帯魚の前に座った。

……安定している。

私はしみじみ胸に手を当てた。ここしばらく動悸《どうき》もしていないし、手のひらに汗のにじむこともない。水草や魚の緩やかな動きを見ているだけで、本当にくつろぐ。

魚たちに定期的に餌《えさ》をやったり、水槽の管理をすることが、自分以外の生命とのバランスをとっている感じがするのだろう、と私は結論づけた。私は昔から、いろいろなことに結論を与えるのが癖だ。結論を出すまでは、ずっとしつこくそのことばかり考えている。

……自分以外の生命との、バランス……。

ちらっと、ばあちゃんのことを思った。

……あれ。さっきより、ネオンテトラの数が少なくなっているような気がするけど……

気のせいだろう、今日はもうこれぐらいにしよう、と立ち上がり、二階へ昇った。

10

「さて、これは五人前の分量で、各班、つくりませう。まづ、クリイムをさきにこしらへますが、最初に大鍋《おほなべ》に水を入れ、火にかけて置きます。これは、後に湯煎《ゆせん》に使ひますから、沸くまでの間、小鍋にメリケン粉大匙《おほさじ》五杯半、砂糖大匙二杯を入れてよく混ぜて下さい」

それぞれ、ノートをとるもの、神妙な顔をして分量を量るもの、お菓子づくりの授業の時は、皆、ことのほか眞劍《しんけん》だ。

「さあ、そこに、牛乳一合を加へ、玉子一個をよくとき入れて、全體《ぜんたい》をよくかき混ぜます。そろそろ、大鍋のお湯が沸いてきましたね。さうしたら、小鍋ごと大鍋の中に差入れて、湯煎をしてから、木杓子《きじやくし》でよくかき混ぜます」

皆、じつと、息を詰めるやうにして、鼻の頭に汗をかきながら小鍋の中を見つめてゐる。小鍋の中の白い液體は、だんだんに粘りが出てきて、プツプツと、泡を吐き始めた。

「さあ、次第にどろどろのクリイムらしくなつてきましたね。ここで、レモン汁を少々加へて下さい」

家でするのだつたら、レモンをそのまま鍋の上で絞るに違ひないが、レモンの當番《たうばん》に當《あ》たつた人が、眞面目《まじめ》な手つきで、硝子瓶《ガラスびん》に絞り込んだレモン果汁を、これもまた、嚴《おごそ》かに儀式めいて小鍋の中に垂らす。

「はい、これでレモン・カスタード・クリイムのでき上りです。このクリイムは、林檎《りんご》や梨《なし》などの果物を煮たものの上にかけたり、パイの詰めものに使つたり、また、苺《いちご》などとそのまま和《あ》へたりしても、大變《たいへん》風味も、滋養もよいものです。一つ、覺《おぼ》えておかれると、後々、重寶《ちようほう》します」

ごくたまさかの、おみやげもののお菓子でしかお目にかかれなかつたクリイムがこんなに簡單に出來《でき》るなんて。わくわくする。

「さて、今度は外側の皮をつくります。鍋に八勺《しゃく》ほどの水を入れてメリケン粉大匙四杯をよく溶かし、火にかけます。これを杓子でかき混ぜながら、バター大匙一杯を溶かし込みます。照りが出てきて、糊《のり》のやうになりましたね。ここで玉子二個をよくといて少しづつ加へ、かき混ぜます。このときは、火は、ごく、弱火ですよ。火が強いと、焦《こ》げたり、玉子が妙に固まる憂《うれ》ひがありますから。あぶくが、一つ、二つ沸いてきたら、火を止めて下さい」

ひとつ、ふたつ、とあぶくの數《かず》を數へて、それつと言はんばかりに一齊《いっせい》に手が伸びて、火を消した。

「さあ、次にフライパンを熱して、サラド油を二合、入れて下さい」

緊張の度合ひ、ますます高まる。揚げ物は、油はねなどで火災や火傷《やけど》の危險《きけん》があるからだ。

「油を熱したら、皮の材料を、一個當《あた》り大匙二杯分ぐらゐづつ、垂らし込みます。膨れ上がつたら、焦げないうちに藁《わら》半紙の上にとり、油《あぶら》氣《け》を切ります」

あちらこちらから、かけ聲《ごゑ》や、小さな悲鳴、ため息などが洩《も》れる。

「全部、揚げ終はつたら、横に包丁目を半分ほど入れて、口を開け、こしらへておいたクリイムを詰めます」

それぞれ、自分の持ち分に、たつぷりのクリイムを注ぎ入れようと大騒ぎだ。シュー・クリイムが本當にできるなんてまあ。

歸《かへ》つたら、早速ばばちやまにつくつてご覽《らん》に入れよう。

放課後歸る道で、藁半紙に包んでおいた、肝心のシュー・クリイムを机に忘れたのに氣づき、教室へ引き返した。ほかのものだつたら、忘れたなりにしておいたかもしれない。

既《すで》に人氣のない廊下を、足早に戻る。教室の前まできて、戸に手をかけようとして、ふと、すすり泣きのやうなものが聞こえてくるのに氣《き》づき、思はず隙間《すきま》から中を盗み見た。

「だから、どうして、あんなところを朗讀《らうどく》したの？　泣いてゐてはわからないでせう」

普段にも似合はず聲を荒げてゐるのは、翠川《みどりかは》先生だつた。

「ひどいわ、おねえさまはひどい。おねえさまがなさつてゐることは、次から次とあんまりな攻撃だわ。わたくしは、わたくしがさう思つてゐることをただお傳《つた》へしたかつただけです。ヨシュアに託して」

涙《なみだ》ながらに訴へてゐるのは、なんと、あの沈着冷静な山本さんだつた。

私は心臓がどきどきしてきた。このお二人は、私の知らない世界を共有なさつてゐる。そのことは、私の胸を痛いほど締め付けた。

「攻撃だなんて……。攻撃だなんて……。私はいつも、あなたのことを、あなたによかれと思ふことをやつてゐるのに……」

今度は翠川先生が手を顔に當《あ》てて泣き出した。

私は呆然《ばうぜん》として、教室をあとにした。私だつて、泣き出したかつた。あの二人は何なのだ。裏切りだ。裏切りだ。こんな手ひどい裏切りがあるだらうか。

氣持ちはどす黒い何かでいつぱいになり、一人でそれに耐へることはできさうもなかつた。

家に歸るとただいまも言はずに、部屋に閉ぢ籠《こも》つた。

しばらくすると、コンコン、と、戸を叩《たた》く音がした。私は返事もしなかつた。戸がそつと、細目に開けられて、

「お孃様、ツネでございます。どうか、なさいましたんですか」

と、ツネの人の良い、心配さうな顔が覗《のぞ》いた。

「ばばちやまは？」

私は不機嫌な聲できいた。

「大奥様と奥様は、ご親戚《しんせき》のお宅へ出かけられました。家にはほかに誰もをりません」

こころなし、ツネの聲は勵《はげ》ますやうに聞こえた。

ツネにはいつも、あこがれの翠川先生のことをおしやべりしてゐる。翠川先生がどんなに素敵かといふことを。だから、このことを話すのは大變つらいのだけれど、今の私には默《だま》つてゐることは耐へられなかつた。泣きじやくりながら、ことの顚末《てんまつ》をツネに話した。

ツネは、ほおう、といふやうに目を丸くした。かういふことは、おそらく、ツネには想像も付かないのだらう、と、私はほつとするやうな、それでゐて苛《いら》だたしいやうな變な氣持ちだつた。

「それは、お孃樣の勘違ひ、といふこともあるかもしれませんよ。山本様のお嬢様は、ツネがよくお使ひに行くお宅のお隣に住んでおいでですが、品行方正の、申し分のないお嬢様とおききしてゐます」

「だから、だから、餘計《よけい》につらいんぢやないの」

私はまた聲をあげて泣いてしまつた。思へば、このとき私は兩方《りやうはう》から失戀《しつれん》したみたいな氣分だつたのだらう。

ツネは明らかにおろおろとうろたへていた。

「お嬢様、ちよつと、氣分直しに、ツネの部屋にでもいらつしやいませんか。氣散じに、何かお目にかけませう」

私はツネの部屋に入つたことがなかつたので、この提案にはちよつと心を動かされた。それで、我ながらみつともないとは思つたけれど、鼻をすりあげながら、ツネの後に付いていつた。

ツネの部屋は臺所脇《だいどころわき》の三疊《でふ》ほどの小部屋で、まん中に、座り机にしては少し高い、小さな引出し付きのテーブルが置いてあつた。

「これ、變《か》はつてゐるわね」

「このテーブルは、ツネが郷里を出るとき、兄がつくつてくれたものです。洋風の生活にも、馴染《なじ》むやうにといつて……。これでなかなかおもしろい細工がしてあるんですよ」

「ふうん」

兄弟のなかつた私は、ツネの話がうらやましかつた。ツネは、脇に片付けてあつた風呂敷包《ふろしきづつみ》を取り出し、ゆつくりと、解いた。中には、彫りかけの美しいこけし人形があつた。

「まあ。これ、ツネが彫つたの？」

「ええ、今、大奥様から、木彫りを習つてゐるんです。少し、上手になつたら、お嬢様にも何か、彫つて差し上げませうか。何がよろしいですか」

私はすぐに返事をした。

「エンゼル様。私、天使様がほしいわ、ツネ」

ツネは眞面目な顔で考へ込んだ。

「天使様ですか……。羽のあたり、大變むづかしさうですね……。でも、やつてみませう、そのうち」

ツネは、きつと、むづかる赤ん坊をあやしてゐるやうな氣持ちだつたのだらうと思ふ。

私はその約束で少し、氣が晴れた。

「今日、學校《がくかう》で、とてもおいしい西洋菓子を習つたのよ。ツネにも教へてあげるわ。ばばちやまたちが歸つていらつしやるまでに、二人で澤山《たくさん》こさへてびつくりさせませうよ」

「ああ、それは樂しいですねえ」

ツネは、ほつとしたやうに笑つた。

ノートを見ながら、大騒ぎして二人でつくつたシュー・クリイムは、焦げすぎてゐたり、クリイムがはみ出してゐたりして、決して見事な出來《でき》ではなかつたけれど、疲れてお歸りのばばちやまとおかあさまには大變好評だつた。

「珍しい。西洋餡《あん》入り揚げ菓子」

ばばちやまは滿足さうにさう呟《つぶや》かれた。

11

気のせいではなかった。ネオンテトラは二匹も減っていた。三匹目が力つき水面に浮かんで、エンゼルフィッシュの執拗《しつよう》な攻撃を受けているところを、偶然ママが目撃した。

「よく見ればこのエンゼルフィッシュ、なんだか、残虐《ざんぎゃく》な顔をしてない？　私、思わず水槽を叩《たた》いたんだけど、平気な顔をしているのよ」

ママは興奮気味に言った。

ショックだった。暗澹《あんたん》たる気持ちで、それでも餌《えさ》をやろうと水槽に近づいた。信じたくなかった。

エンゼルフィッシュは尾ひれを振りながら近づいてきた。ママにはそういうふうにはしない。私を認めてやってきたのだ。気づいたのが以前だったら、小踊りして喜んだだろう。今の私は複雑な気持ちだった。この妙な賢さが、あの陰険な攻撃性に結び付いてはいまいか。それとも、餌が足りなかったのだろうか。

けれど、飼育書によると、餌は少ない目に越したことはない、ということだった。食べ残すと、水も汚れるし、魚の健康にも良くない。エンゼルもテトラも、大慌《おおあわ》て、という風情《ふぜい》で、沈んでくるフレーク状の餌に向かっていた。

その狂宴が静まると、一匹のエンゼルが、さりげなくテトラをつっついた。つっつかれたテトラはよろめきながら、水草のしげみに逃げ込もうとした。すかさず、またエンゼルが追ってくる。

この時点で、ほとんど私は逆上していた。

ついに見てしまった。

力任せに、水槽を叩いた。瞬間、魚たちは驚いて、動きの統制がとれなくなったようだった。エンゼルは、明らかに私を見ていた。

「ばか」

大声で怒鳴りつけた。

……それは、やってはいけないことなんだと、教えなければ。やったそのとき、罰を与えて……

けれど、罰といって私には水槽を叩いてショックを与えることぐらいしか思い付かなかった。

エンゼルは性懲《しょうこ》りもなく隙《すき》を見てまたテトラに近づき、攻撃した。私はもう一度大声で怒鳴り、水槽を叩いた。

しかしこのときのエンゼルのアタックが致命傷となり、テトラはしばらく水中で斜めになっていたが、やがて、力つき、色もぼやけてきて水面に浮かんだ。

なおも執拗にその死骸《しがい》を喰い漁《あさ》ろうとエンゼルたちはアタックを繰

り返した。

その貪欲《どんよく》さに、私は畏《おそ》れおののいた。

「なあに、一体、何の騒ぎ？」

隣の部屋からさわちゃんが声をかけた。

「ああ」

私は悲鳴のような声でそれに応《こた》えた。握った拳《こぶし》が震えていた。

「さわちゃん、熱帯魚が、別の熱帯魚を殺したの」

「あら、まあ」

さわちゃんは横になったまま眉《まゆ》をひそめた。

「敵、だったの？」

「……わからない」

……敵って、何が何の？

私は思いっきりエンゼルをにらみつけながら、頭の中ではその言葉が空回りしていた。

「起こして」

私は、一瞬ためらったが、さわちゃんを起こしに隣の部屋へ移動した。そうしている間にも、エンゼルフィッシュが他のテトラを攻撃するのではないかと気が気ではない。

「こういうことは起こるものよ」

さわちゃんはいつになく興奮しているように見えた。

「信用できない。あんな奴《やつ》ら」

……あんな奴ら、って、熱帯魚のことだろうか。さわちゃんの言葉はいつも現実から僅《わず》かずつ違う次元にスリップしていくようだ。

私は頭の片隅でちらりとそういうことを思った。だがすぐに意識は熱帯魚に戻った。

「何でこんなことになったんだろう。きっと、後から私がテトラを足したのがいけなかったんだ」

実際、それはそうだった。私は、次の日、熱帯魚を長年飼っている友人にそのことを確認した。

「私、そっちへ行くわ」

さわちゃんが水槽の置いてある部屋を目線で指した。私はさわちゃんを抱えるようにして、居間のリラックスチェアに座らせた。

「ああ、またやってる」

エンゼルは六匹目の犠牲者を血祭りに上げている最中だった。

「浮かんでる死骸を早くすくわないと……。味を覚えちゃう」

さわちゃんは、冷静に状況を判断して指示した。

「そうだ」

私は慌てて、水を換えるときのために購入した魚掬《すく》いの網で、死骸をすくった。

「別々にした方がいいんじゃない？」

「でも、熱帯魚って金魚鉢の中で飼うようなわけにはいかないんだよ、温度を一定に保って酸素を送ってやらなきゃ」

「なぜそんな無理なことするの」

　さわちゃんは独り言のように言った。

「そういうふうに生きてるのって無理で、不自然だ」

　……無理で、不自然。

　さわちゃんの話す言葉は、体のどこかずっと奥の方でこだまする。

「でも、熱帯魚ってそういうものなんだよ、さわちゃん」

　そして私はそういう熱帯魚が必要なの、という言葉を、後ろめたく呑《の》み込んだ。自分のいびつな精神のバランスをとるために、犠牲を必要としているのだろうか。

「あ、コウちゃん、ほら、また」

エンゼルたちは狂った殺戮者《さつりく》のようだった。私は再び、

「だめ」

と叫んで、水槽を叩いた。その瞬間は、動きを止める。そして、また私の顔色を窺《うかが》うようにさりげなさを装《よそお》った遊泳を始める。

「私、夜明けまでこいつらにつきあっているわけにはいかない。この忙しいのに……」

私はいらいらしながら、吐き捨てるように言った。

「私、見てて上げてもいいけど、私、力、ないから……。止《や》めさせられない」

さわちゃんは申し訳なさそうに言った。

「それでもいいなら、私、何が起こるか、コウちゃんの代わりにここでこうして見ている」

さわちゃんはリラックスチェアの背もたれにぐっと体を預けた。そ

の口調には、弱々しいながらも、どこか覚悟した響きがあった。

「じゃあ、私、ちょっと宿題すませて、また降りてくるよ」

さわちゃんは、軽くうなずいた。

二階に上がった私が、宿題を全部終えて降りてきたときは、すでに六時だった。途中、気にならないわけではなかったが、一度も降りなかった。

さわちゃんは眠っていなかった。私が二階へ上がる前と、まったく同じ姿勢で、憔悴《しょうすい》しきったさわちゃんが、目をしょぼしょぼさせ、滂《ぼう》沱《だ》の涙を流し続けて座っていた。

その姿を見て、私は深く後悔した。

こうなるということは、心のどこかでわかっていた気がした。

さわちゃんは、私が入ってきたのにも気づかない様子だった。

「さわちゃん」

私は小さく呼んでみた。さわちゃんは身じろぎもしない。

「さわちゃん」

私は声を大きくして、さわちゃんの肩に手を置きながら呼んだ。

さわちゃんの目に反応があった。

「ああ、コウちゃん」

と言いながらも、水槽から目を離そうとしない。あまりに凝視し続けたので、動かなくなってしまったのだろうか。

私もつられて水槽に目をやると、ネオンテトラはたったの二匹になっていた。

「コウちゃん、あたし、止められなかった」

動かないさわちゃんの肩を抱いて、私は、

「ごめん、さわちゃん、ごめん。こんなもの見させちゃって」

と呟《つぶや》くしかなかった。

「あいつら、殺し屋だ、コウちゃん。悪魔だ。エンゼルなんかじゃない、蝙蝠《こうもり》だ」

「そうだね」

私は、さわちゃんをゆっくりとベッドに連れて行きながら、独り言のように呟いた。

「でも、さわちゃん。それなら私には悪魔が必要だったのかもしれない。私が、飼いたくて飼いたくて飼ったんだ。そして私が見守るうちにこうなってしまったんだから」

……コウちゃんは水槽の世界の神様なんだね……というさわちゃんの言葉を突然思い出した。

神は、悪魔をどういうふうに思っておられたのだろう、本当は。

私はさわちゃんに、

「私にはそれでも、あのエンゼルを捨てることはできないよ」

と言いながら、神も、一人そう呟いたことがおありになっただろうか、と思った。

さわちゃんはそれに応えるともなく遠い目をして言った。

「コウちゃんには私がいたじゃない。私が悪魔なの。コウちゃんは、そしたら、それで私が必要だったの？　エンゼル様になるために。悪魔がお要りようだったのね」

え？　と、私がその言葉の真意を測りかねて、けれどもなぜだかぞっとしながら、さわちゃんを見ると、さわちゃんは疲れ果てたように寝入ってしまっていた。

……さわちゃんは、私の心に住む人のようなしゃべり方をする。

私はなんだか違う時間に入り込んだような気がしていた。

外はもう明るくなりかけていた。

12

翌日から、私は今までのやうに翠川《みどりかは》先生や山本さんを見ることが出來なかつた。翠川先生と目を合はせるのも極力避けるやうにした。翠川先生は、ときどき不審さうにこちらをごらんになることもあつたが、私の本當《ほんたう》の氣持《きも》ちはわからなかつたと思ふ。

私は山本さんのことを、嫉妬《しつと》してゐた。

自分でも、こんなに人を嫌に思つたことはないぐらゐだつた。

山本さんの机の上にあつたプリントを、彼女のゐない隙《すき》にぐしやぐしやにした。通りすがりに力任せに彼女の靴を踏んだりした。彼女の發言《はつげん》の、ちよつとしたことをなじつて問ひ詰めたりもした。

私にこんなところがあつたのか、と自分でも驚いて自分が嫌になつた。けれども、もうどうにも止められないのだ。

私のさういふ態度は、次第に周圍《しうゐ》にもわかるやうになり、山本さんの親衞隊は、追ひかけてきて私に文句を言つた。さういふとき、ここぞとばかりに辯護《べんご》をかつて出てくれるのが、かーこだつた。かーこはかーこで、自分のために私がさういふ態度に出てゐるのだと思つてゐるらしかつた。

「さわちやんが、こんなに氣《き》が強いなんて意外だつたわ」

「本當、最近人が違つたやう」

皆、口々に言ひ囃《はや》す。

「やめてちやうだい」

私は自分でも自分の意地惡さに度膽《どぎも》を抜かれてゐるのだ。

「それにしても、あの人、お付きの人に文句言はせるだけで、ご自分では涼しい顏なさつてるのね」

「かういふことに煩《わづら》はされるのは品位にかかはるのでせうよ。何分、高尚でいらつしやるから」

確かに山本さんは、私が何をしたつて、何にも感じてゐない様子だつた。それがまた、馬鹿《ばか》にされてゐるやうで、腹立たしくて、どんどん私の醜い部分がエスカレートしていくのだ。

けれど、結局、皆の代表で大司教様のお世話をする係は、かーこではなく、山本さんに決つた。

私のヒステリックな山本さんいぢめが、かへつて彼女の人格的な高潔さを際立《きはだ》たせる結果になつたのだつた。

いよいよ大司教様のいらつしやる當日、私は全身全靈《ぜんれい》を込めて祈つた。

どうか山本さんが失敗しますやうに。

翠川先生の前で、山本さんが取り返しのつかない大失敗をしますやうに。

でも、そんなことはありえない。あの何事においても完璧《くわんぺき》な山本さんが失敗するなんて。

けれど、なんと、本當に山本さんは失敗したのだつた。しんと靜《しづ》まり返り、ひんやりとした講堂の中。天井扇の、ブーンといふ氣《け》だるいモーター音だけが遠慮がちに響いてゐる。

壇上には見事な生け花、兩脇《りやうわき》にずらりと並ぶ盛裝の先生方、そしてしつらへた白いカバーのかかつた椅子《いす》とコーヒーテーブル。

大司教様はご挨拶《あいさつ》のあと、ここにお座りになり、皆の歡迎《くわんげい》の言葉や日舞、お琴の演奏などをおききになる。

そしていよいよ、大司教様がお座りになつた。入口からの長い距離を、漆《うるし》のお盆を兩手《りやうて》に高く捧《ささ》げ持ち、顏を上げてまつすぐに山本さんは歩いてこられた。媚《こ》びるのでもなく無愛想でもない、凜《りん》とした足取りは、ああ、やつぱり山本さんだ。

そのとき、大司教様の後方にゐる、翠川先生のお姿が私の眼に入つた。

翠川先生のお顔は紅潮してゐた。まるで愛《いと》しいものの晴れ舞臺《ぶたい》を見守るやうに、誇りに溢《あふ》れて山本さんを見つめてゐた。

瞬間、私の心に熱く眞《ま》つ黒いものが流れ込んできた。

私は憎《にく》んだ。惡魔のやうに憎んだ。今まで意地惡をしたときの何千倍もの醜さで、強く強く私は望んだ。滅び去つてしまへばいい、何もかも。

すると、それは本當に起こつた。

私の呪《のろ》ひを受けて、山本さんは、まるでわざとのやうに、翠川先生の前で見事に大司教様のお膝《ひざ》にお茶をこぼした。そして、もつと惡いことには謝りもせずに平然としてゐた。

私たちは起立したまま、固唾《かたづ》を呑《の》んでこの光景を見守つてゐた。

天井扇の、モーター音が、急に大きく鳴り響いた。モーター音は、空氣ごと全《すべ》てを攪亂《かうらん》してしまはうとしてゐるかのやうに、私の頭の中にまで響き渡つた。

右往左往してうろたへる先生方を後目《しりめ》に、大司教様は、ゆつくりと、微笑《ほほゑ》んで山本さんに聲《こゑ》をかけた。

「だいぢやうぶでしたか」

それを聞いた瞬間、私は、自分がもう大司教様の側の人間ではなくなつたことを知つた。自分が惡魔に依賴事をした人間なのだと悟つた。

これが、取り返しがつかない、といふことなのだ。

私は、明るく陽の射《さ》してゐた子ども時代が遙《はる》か後ろに遠ざかり、急に一人ぼつちで暗いじめじめした洞窟《どうくつ》に追ひやられたやうな氣がした。もう、決して陽のあたる場所には戻《もど》れないのだ。

お聲をかけられた山本さんは、魔法が解けて正氣を取り戻したお姫様のやうにまつかになつた。そしてひざまづき、ご自分のスカーフをさつと外して大司教様のお膝に當《あ》てた。

……コウちやん。

私は心の中で呟《つぶや》いた。もう、二度と決して、この名前で山本さんを呼ぶことはできないのだと思ひつつ。

私は絶望して心で泣きながら家路についた。歸《かへ》り着くとツネが待つてゐたやうに玄關《げんくわん》から走り出て私に聲をかけた。

「お嬢様、お嬢様、わかりました。ツネが山本様のお隣できいてまゐりました。山本様のお嬢様と、翠川先生は、實《じつ》の姉妹でいらつしやるのですつて。山本様のお嬢様は養女でいらつしやるのですつて。幼い頃、おかあさまの産後の肥立ちがよくなくて、乳飲み子だつたお嬢様は山本家へ養女にいらつしやつたらしいです。最近、それを知つたお嬢様が、實の家族の元へ歸りたい、と、だだをこね始めたらしいのです」

ツネは、さぞ、安心したらう、といふ表情で私を見たが、もう遅《おそ》すぎる。惡魔に魂を賣《う》つた後だもの。人の不幸を願ふなんて。それがかなふなんて。私は眞正《しんせい》の惡魔になつてしまつたかもしれない。

それに、山本さんと、翠川先生が實の姉妹だなんて、もつと惡い。私にはまるで割り込む隙がないではないか。

ツネは、それから、おもむろに、これがいよいよ本番なのだが、といふ顔で改まつて話し始めた。

「お嬢様、實はツネも、今週でおいとまずることになりました。兄が足を怪我《けが》して、動くこともままならないらしいのです。お嬢様から言ひつかつた、天使様、なんとか彫つてみますから……」

これは、悪魔に魂を賣つた罰なのだらうか。

あんまりだ。

私は、ツネを姉妹のやうに思つてゐたのに、ツネは本當の兄弟のところへ戻るといふのだ。みんな兄弟姉妹がゐるのに、私だけひとりぼつちだなんて。

「いらないわ、もう、天使様だなんて。私には關係ないんだもの。それより、あんたの大事にしてゐた、あの、テーブルをちやうだい。あの、おにいさまにつくつてもらつたつていふ」

言ひながら、自分が情けなくて、悲しくて、涙《なみだ》が止まらなくなつた。困惑してゐるツネを殘《のこ》して、一人、二階へ驅《か》け昇つた。

「さわこ。いつたいどうしたんだい」

ばばちやまがノックもなしに入つてきた。私は机に突つ伏してゐたのだけれど、慌《あわ》てて顔を上げて、振り向いた。

「ツネのことかい」

ばばちやまはちよこんと床にお座りになつた。私も慌てて椅子から降りて、床に座つた。

「ばばちやま、みんな、兄弟姉妹があるのに、私だけ、どうしてひとりつこなんでせう」

ばばちやまはちよつとおつらさうな顔をなすつた。

「さわこはひとりつこはおいやかい」

私は返事の代はりに泣き出してしまつた。

「私は……ツネを……おねえさまのやうに……思つてゐたのに」

「さう思つてゐたらいいぢやないか」

「でも、本當はさうぢやないんですもの」

「ぢやあ、さわこがツネをおねえさまだと思つてゐた氣持ちは本當ぢやないのかい」

「それは……」

「自分でも、これは本當ぢやない、と思つてらしたんぢやないのかい。さわこが本當の氣持ちでツネのことをおねえさまだと思つてゐたら、それは本當ぢやないか」

ばばちやまはむづかしいことをお言ひなさる。

「ばばちやま、それは方便だわ」

「方便でも、何でも、私にはさわこの氣持ちが一番大事だからね。たつた一人の孫だから」

なんてめちやくちやな言ひやう。私は思はず吹き出してしまつた。

「それにツネは、この家やさわこが嫌で鄕里に歸るんぢやないんだよ。にいさんが怪我をなすつて、お家《うち》は大變《たいへん》なんだ。幼い弟や妹もゐるし……。おまへも、田舍で、農家の仕事がどんなに大變か、一家の働き手が一人ゐなくなることがどういふことか、見知つてゐるだらう」

ああ、それは本當にさうだ。私は自分のわがままが恥づかしくなつた。

「ばばちやま、私に出來《でき》ること、何かないかしら」

「さうだね、二人でツネが田舎に持ち歸るおみやげをこさへようか」

ばばちやまは樂しさうに提案なさつた。

これが普段だつたら、どんなに心彈む計畫《けいくわく》だつただらう。けれど、私は惡魔に魂を賣り渡したあとだつたので、どんなにいいことをしても、私がしたことなら神樣は決してお喜びにならないのではないかと思つた。

それでも、私はツネの弟や妹のために、鉛筆をいつぱい用意して、一本一本丁寧に削つた。そして、それを木箱に入れてきれいなリボンを結んだ。ばばちやまは、おかあさまと相談して、お砂糖やコンペイトウ、その他細々したものを用意してなさつたやうだ。


ツネがわが家を去る日まで、私はツネに何も言へなかつた。

その日、學校《がくかう》から歸ると、まつすぐにツネの部屋へ入つた。

がらんとした部屋の中に、ぽつんとあのテーブルが殘されてゐた。

私はそのときまで、すつかり自分が言つたことを忘れてゐた。自分が、ツネの大事なおにいさまの手作りのテーブルを欲しがつたことを。

「ばかだ、ツネは。こんなもの、よかつたのに。私は、ただ……」

私は唇をかんだ。

そこへばばちやまが入つてきた。

「ツネがこれを、おまへに、つて殘していつたよ」

ばばちやまはテーブルを見ながら言つた。

「私は、ただ、意地惡で言つただけなの、ばばちやま」

　さう言つてしまふと、私は涙が止まらなかつた。自分が情けなくて、ツネの優しさが胸に痛くて。ばばちやまは優しく私の背中を撫《な》でながら、

「この間、連れていつてもらつただらう、教會《けうくわい》に。あの、色付きの繪《ゑ》硝子《ガラス》に、二人の天使様の並んでゐる繪があつたねえ、ばばには、あれがツネとおまへのやうに見えたよ。このお背なに、羽が生えてゐるみたいに」

　私は泣きながら首を振つた。

「違ふの、あれは私ぢやないの、ばばちやま」

　私はもう、天使様とは縁のない人間になつてしまつたんだ。羽が生えてゐるとしたら、闇《やみ》に巣くふ蝙蝠《かうもり》の羽だ。ツネはそのこと、よくわかつたはず。だから木彫りの天使様の代はりにテーブルを殘したのだ。

　ばばちやまは、しばらく私の背中を撫でてゐたが、突然、ぱつと切

り替へるやうにぽんと輕《かる》く叩《たた》いた。

「さあ、いつまでも、泣いてゐないでおかあさまの手傳《てつだ》ひをする練習をしなさい。ツネが急にゐなくなつたんで、おかあさまは大變だよ」

實際、默《だま》つておかあさまの手傳ひをすることが一番氣が紛れた。

ばばちやまは、お歸りの豫定《よてい》を先にずらして、しばらくツネのゐないわが家のお世話をしてくださつた。


それから、月日はただいたづらに流れて、山本さんは、義理のご兩親と共に滿州《まんしう》へ行かれた。あのとき、教室で泣いていらしたのは、翠川先生と共に日本に殘りたいといふお話しだつたのだらう、とあとで推測した。でも、本當のところはどうだかわからない。私はたうとう、山本さんに謝ることもなく、ちやんとお話しも出來ずに終はつてしまつた。

謝るべきだつたと思ふ。コウちゃん、と、親しくお呼び出來る日が來《こ》ないことはわかつてゐても。

ツネは郷里に歸つて一年ほどしてお嫁にいつた。あのテーブルは見るのがつらくてしまひ込んでしまつた。おかあさまはときどきツネに手紙を書いてゐるやうだつたが、私は氣が重くて書けなかつた。そしてそれきりになつてしまつた。

ツネは字が書けない。讀《よ》めはするけれど。

教へて上げたらよかつた。

13

生き残った二匹は、さすがに機敏さにかけては優秀だったとみえ、そう簡単にはやられなかった。

私は、学校から帰ると毎日水槽の中を覗《のぞ》いては、ほっとため息をもらした。

「エンゼルが二匹、テトラが二匹、か」

「水槽の中はすごく緊張しているのよ」

さわちゃんが付け加えた。

「さわちゃん、よくわかるね」

今では夜中のトイレタイムは小一時間かかる。さわちゃんとのおしゃべりの時間が長くなったからだ。さわちゃんは、私の遅い夕食にもつきあうようになっていた。

「狭い社会だからね。緊張の波が伝わってくるのよ」

「ふうん」

さわちゃんが、社会、っていうのを聞いて、私は昔、さわちゃんにうちの先祖の話を聞いたことを思い出した。

「さわちゃん、ずっと前、うちの先祖が室町時代に武士社会が嫌で、お百姓になったって話したでしょう」

「ああ」

さわちゃんは遠い目をした。

「そう」

「何かきっかけがあったのかなあ」

私は魚のフライをつつきながら何気なくきいた。

「あの頃は」

さわちゃんは、思い出を語る人のように目を閉じた。

「人殺しが平気でまかり通る世の中だった。人間の、浅ましい姿、いっぱい見た。俗世を捨てて、出家しようかと思ったが、坊主《ぼうず》の世界もおんなじだった。土を相手に生きる決意をしたのさ」

次第に声が時代がかってきて、気味が悪い。危ない、危ない。これ以上おかしなことになってほしくないので、軌道修正しようとして、私は大声をあげた。

「何だろう、これ。お菓子みたい。クレープかな」

フライやサラダの横に、デザートらしいふにゃふにゃしたものがお皿にのっていた。さわちゃんは、ぱちくりと目を開けた。我に返ったみたいだ。

よし、この調子だ。私は皿の横に置いてあった、ママのメモをおおげさに取り上げた。

「あ、メモがのってる。どれどれ、『昼間、シュークリームをつくり損ねてしまいました。オーブンから出した途端、シューがぺちゃんこになってしまったのです。口でかめば味はシュークリームですよ』だって」

「ああ、あたしも三時に同じこと言って食べさせられた」

さわちゃんのそのときの口調は、不思議に年寄りくさかった。もともと年寄りなのだから、不思議に、ということもないが。

それから、急に顔を寄せてきてささやいた。

「あのね、シュークリームはね、油で揚げるといいのよ。皮のたねを」

「えー。そんなことしたら、油でギトギトになるよ。そりゃ、ドーナッツだ」

「でも、それだと、絶対ぺしゃんこにならない。ママに教えてあげて」

さわちゃんは自信をもって言った。

「シスターに習ったんだから」

「へえ。そうか、さわちゃん、ミッション系の女学校に行ってたんだよね」

私はトマトを口に入れながら不明瞭《ふめいりょう》な口調で言った。

「そう、教会でもお料理習ったのよ」

私は、さわちゃんが昔、教会へ通っていたことを知った。

「さわちゃん、聖書とかも読んでた？」

「もちろん」

「ふうん」

急にさわちゃんが身近に思えてきた。

「案外、私とさわちゃん、似てたりして」

「もしかして、血がつながってるのかも」

「ははは」

思わず笑ってしまった。けれど、さわちゃんはどこまでも真面目《まじめ》だった。

「姉妹かもしれないよ、コウちゃん」

私は思わず身構える。

……やっぱり、おかしい。

次の朝、出がけに私はママに声をかけた。

「あの、シュークリームだけどさあ、ママ」

「ああ、あれ、ごめんなさいねえ。ちょっと、このところ気が滅入《めい》ったりしてたもんだから、何か気晴らししようと思って……」

「それは、いいんだけど、今度、シューのたね、油で揚げてみて」

「いやだ、そんなの好きなの？」

「いいからいいから」

私はそれだけ言い残すと家を出た。最近、コーヒーの量を抑えているが、それでも何とか生活できてる。

……やっぱり、熱帯魚が効《き》いているのかな、あんなことがあっても。昨夜《ゆうべ》、変だったなあ、さわちゃん。急に狐憑《きつねつ》きみたいになっちゃって。あれは先祖憑きかな。御先祖も、やっぱりいろいろ悩んで神経症になったのかな。やっぱりおんなじ遺伝子が私まで流れ着いてきているのかも……

角を曲がったところがバス停だ。今日はまだ早い。行列がそんなに長くない。

……御先祖様。土を相手にして、ノイローゼは治りましたか……

私は空を見上げて心で呟《つぶや》いた。今日は暑くなりそうだ。雲が一つもない。

その晩、私は変な夢を見た。

エンゼルが激しくテトラを攻撃している。まるで水槽の世界から抹殺しようとしているかのように。ふっと、向きをかえたエンゼルの顔は、なんとママだった。そして必死で攻撃に耐えているテトラはさわちゃんの顔をしていた。

まさか、と思っていると、今度はその立場が逆転して、悪魔のようなエンゼルがさわちゃんになっていた。

魚は反転するたびに顔が変わった。

今度は私自身がエンゼルになっている。そして、攻撃の激しい衝動を向けている相手は、やはり私自身の顔をしているエンゼルだった。お互いに泣きそうな顔をしている。攻撃しながらも必死でブレーキペダルを探そうとしている。そんなものがどこについているというのだろう。でも、探そうとしているからにはどこかについているのだろうか……。

学校から帰って、いつものように水槽を覗くと、とうとうテトラが一匹になっていた。

……ついに、やられたか……

体中の力が抜けていく。鞄《かばん》を降ろすのも忘れてぼうっと水槽の中に見入っていると、ママが台所から出てきた。

「ああ、それねえ。もう、ママ、なんだか嫌だわ。最近、エンゼルフィッシュが脂《あぶら》ぎっちゃって、肉食の顔になってきたのよ」

言われてみれば、本当にそうだ。そのぎらぎらした目に、私はぞっとした。

「あ、あぶらと言えば、今朝、あなたが言ってた通り、シューを揚げてみたの。びっくりするくらい、きれいに膨れたわ。それほど油っぽくもなかったし」

「……それはよかったけど、エンゼルフィッシュが脂ぎったって話の続きにそれは、ちょっとどうかと思うよ」

「そうね、ごめん、ごめん。でも、おばあちゃんも今度はおいしそうに食べてくれたわ。ほっとした。最近食欲が落ちていたのよ」

……よかったね、さわちゃん……

私はそれはさわちゃんのために嬉《うれ》しかった。けれどこんなに心優しくばあちゃんの世話をしているママに対して、あんな夢を見たのは後ろめたいような変な気持ちだった。

けれど、最近食欲が落ちていて、という話は初耳だ。

そういえば、昼間のさわちゃんは以前にもまして死んだように眠りこんでいて、布団《ふとん》に埋もれているのかいないのかわからないぐらいだ。夜更《よふ》けに覚醒《かくせい》しているときは、げっそりとして眼だけがぎらぎらしている。それは日を追う毎《ごと》にひどくなっている。

……もしかして、あの覚醒自体が「無理で不自然なこと」なのかもしれない。私は熱帯魚にそれを強いて、そしてばあちゃんも、何かに、それを強いられているのかもしれない……

では、一体、何にだろう。

結論の得られない問いは、亡霊のようにいつまでも私にまとわりつく。


夜中、いつものように、トイレのためにさわちゃんを起こすと、さわちゃんは、

「コウちゃん、変な感じがする」

と、不安そうに呟いた。

「え？　トイレ、がまんできなかった？」

私は慌《あわ》ててきいた。さわちゃんはむっとしたように、

「違う、違う。水槽」

私が覗《のぞ》くと、そこには、大きいのと小さいのの、二匹のエンゼルフィッシュが悠々と泳いでいた。いつのまにか、とてつもなく立派になったひれをはためかせながら。もったりとした体の表面は、油で虹色《にじいろ》を帯びて照り輝いている。

そして、その二匹の他には何もいなかった。

「ああー。テトラの最後の一匹も」

私はげんなりして、力が抜けた。

「コウちゃん、殺しましょう、そんな奴《やつ》ら。これ以上飼っておくことない」

さわちゃんは興奮して言った。

「でも、さわちゃん、もうこれ以上殺戮《さつりく》は起こらないんだから。確か

に、こいつらを愛するってわけにはいかないけれど」

「そう？　本当にこれ以上殺しはないかしら」

私はぞっとした。さわちゃんの口調には、なにか狂気に近いような静けさがあった。そして低い声で呟いた。

「あれは応仁《おうにん》の乱の頃だった」

さわちゃんの目がすわってきた。まただ、うわっ、これはだいぶ、きている。私は慌てた。こういうときはとにかく、気迫負けしてはならない。気合いを入れて叫んだ。自分でも何でこんなことを知っているのか訝《いぶか》りながら。

「さわちゃんっ。パンツがぬれてるよっ。トイレ行くよっ」

さわちゃんは、はっとして、それから急に目をしょぼしょぼさせた。行きたくもないトイレに、成行き上行かされた後、さわちゃんはベッドに横たわり、

「このまま納まるわけがない」

と、呟いた。

そして、さわちゃんは正しかった。

しばらくすると、二匹のうち、大きい方の一匹がどんどんゴージャスになり、それにつれて、もう一匹はますますみすぼらしくなっていった。攻撃の対象がついに同族に向かったのだ。

小さい方の一匹のひれはぼろぼろになり、しまいには背びれがほとんどなくなった。尻尾《しっぽ》もかろうじて残っている程度だ。

「肉の味を覚えたからね。留まることを知らない。なんておぞましい。もう、自分でも歯止めがきかないのよ」

さわちゃんは、仁王様のような恐ろしい表情で言った。

「自分でも歯止めがきかないんだったら」

私は思いがけなく口走っていた。

「かわいそうじゃないの」

さわちゃんはきょとんとした。

それから、何も言わなくなった。花柄のタオルケットを被《かぶ》って寝てしまった。


ついに、みすぼらしかった方のエンゼルフィッシュが、一方の攻撃に耐えられなくなって、浮かんでしまった。

「悪魔だ、コウちゃん、悪魔だ」

さわちゃんはヒステリックに叫んだ。

「殺そう」

私はまたぞっとした。

「待って、さわちゃん。ちょっと、待ってね」

私はコーヒーを入れに台所へ行った。

……ええっと、何かが引っかかってる、何だろう。ちょっと、待て、コーヒー飲んだら、何かがはっきりする。

私はコーヒーポットとカップを手に、台所から戻ってきた。

「さわちゃんも、飲む？」

さわちゃんは首を振った。私は一口コーヒーをすすった。

……五臓六腑《ごぞうろっぷ》に浸《し》み渡って、頭の中がどんどん活性化していく……

私は思わずためいきをついた。脳細胞が快感に沸き立っている。視界が急に開けたように、物事の流れがクリアに見えてくる。カフェインはやっぱりすごい。

「あのさあ、さわちゃん、最後に残ったこの一匹は、もう、今度こそ何にも殺さないよ。もし、私たちが、私たちの正義に合わないからといって、これ殺したら、結局、こいつのレベルと同じなんだよ。それ、旧約聖書の世界だ。私たちは、ここから、更に次元を上げる必要がある」

さわちゃんの目が、変な焦点の合わせ方をした。

「それ、こいつをこのまま生かしとくってこと？」

「そう。確かに見るのもおぞましいけどね。こんなぞっとするものを、できるだけ生かしておくことで、何か、違うベクトルが働くんじゃないかなあ。それに」

私は独り言のように小さく付け加えた。

「何か、私のいびつな精神が、犠牲を必要としていたのかもしれない、もしかして」

さわちゃんはそれを聞き逃さず、ごもっとも、という顔でうなずいた。

「コウちゃんは創造主だからね。犠牲はいるよね」

また、妙に迫力のあることを、と私はぞっとしながらも続けた。

「ともかく、私には殺せないよ。よくわかんないけどその方がいいように思う」

さわちゃんは、ちょっと上目づかいで私を見て、ご注進、という感じで言った。

「悪魔よ、これ」

「『天使は悪魔でありサタンである竜、あの古い蛇を捕らえ、これを千年の間縛って、底知れぬところに投げ込んで、そこを閉じ、その上に封印して、千年の終わるまでは、それが諸国の民を惑わすことがないようにした』」

さわちゃんがあとを続けた。

「『サタンはそのあとでしばらくの間、解き放たれなければならない』黙示録でしょ」

「すごい、さわちゃん、よく覚えているねえ」

「その前の方も覚えているよ。『さて、天に闘いが起こった。ミカエルとその使いたちは竜と戦った。それで、竜とその使いたちは応戦したが勝つことができず、天にはもはや彼らのいる場所がなくなった。こうして、この巨大な竜、すなわち、悪魔とかサタンとか呼ばれて全世界を惑わす、あの古い蛇は投げ落とされた』」

「すごい、すごい、すごい」

「だって、これ、私のことよ。次ね、『自分が投げ落とされたのを知った竜は、男の子を産んだ女を追いかけた。しかし、女は大鷲《おおわし》の翼を二つ与えられた』」

「それのどこがさわちゃんのことなの」

「だって、私、男の子産んだもの。だから、天使の羽がなくなった代わりに大鷲の羽なのよ」

「さわちゃんの聖書理解は独創的だなあ。よくわかんないなあ」

「こんな簡単なことが」

　さわちゃんはふくれた。


　そのエンゼルフィッシュの最期《さいご》は、思いがけなく早くやってきた。吐き気がするほどおぞましいからといって、その世話を怠るのは公序良俗に反すると、私はきわめて機械的な手付きで水槽の掃除と水の入れ替えをやってのけた。

　日曜日の午前中の事だった。水自体に死骸《しがい》の匂《にお》いが付いているような気がした。入れ替えをすますと、二階に上がった。

　ママはデパートへ出かけていたし、パパはゴルフで留守だった。二人とも、それから落ち合って久しぶりのデートを楽しむとかで遅くなると言っていた。

夕方、突然、下から、怪鳥のような声が上がった。

……さわちゃんだ。どうしたんだろう。

胸騒ぎがして、大慌てで階段を降りた。

「どうしたの、さわちゃん」

さわちゃんは毛布にくるまってがたがたふるえていた。

「なんだか変。すごい怨念《おんねん》のようなものが水槽から流れてきて、私をとりまいたの」

……また気味の悪いことを……

私は少しうんざりしながら思った。

「寝ぼけたんだねえ。夕方からおしゃべりするなんて珍しいねえ」

あやすように言いながら、安心させるために、水槽へ目を遣《や》った。

「うわっ」

なんと、水槽の上に、あの脂《あぶら》ぎった醜いエンゼルが、ぷかぷか浮いていた。その水槽の様子を見て、私は一遍に理解した。

……サーモスタットが水の上に出てたんだ……

それで、水温が限りなく上昇してしまったのだ。私は決してわざとやったのではない。けれど、結果的には、始末してしまった。

「さわちゃん、死んでるよ、あれ。私、温度調節の機械、きちんとセットするの忘れたんだ……」

「自業自得《じごうじとく》よ」

さわちゃんはむくっと起き上がろうとして、吐き捨てるように言った。

「ああ、気持ち悪い。パパに始末してもらおうか。あの、かっと見開いた目といったら」

私は触るのも嫌だった。

「私、やる」

さわちゃんは、ベッドに起き上がるのさえ、人手を必要とするのに、断固とした口調でそう言った。

「さわちゃんがやるなら、私が結局手伝うわけじゃない」

「支えてくれるだけでいいわよ。あっち向いてたら、いいでしょう」

「ああ、わかった、私、やる。さわちゃんには無理だ」

私は意を決して魚掬《すく》いの網で死骸をすくった。そのまま、なるべく目を見ないようにして、庭先にもっていった。

そして、穴を掘るために物置にスコップを取りにいったところで、ばたんと音がして、足早に戻ってみると、なんと、さわちゃんが腹ばいで庭先まで出ていた。そして、庭の石を、エンゼルの死骸の上に何度も何度も振り降ろしていた。

「おまえなんか……おまえなんか……この、蝙蝠《こうもり》。悪魔。仲間殺し。卑怯者《ひきょうもの》」

何度も何度も振り降ろしながら、さわちゃんは泣いていた。そのあまりの迫力に、何も言えないでいた私は、次第に痛々しくて見ていられなくなった。後ろから、そっとさわちゃんを起こした。

「もういいよ、さわちゃん、もういい」

エンゼルは、ほとんど原形をとどめていない、無惨《むざん》な骸《むくろ》と化していた。

もういいよ、と自分で発した言葉が、私の体のあちこちで跳ね返り、響き渡る。

もういいよ、もういいよ、もういいよ……。

跳ね返った言葉が、自分自身の闇《やみ》に吸い取られていく。

「エンゼルだって、何で自分があんなことしたのかよくわからなかったと思うよ。しかたなかったんだよ、さわちゃん。そんなにエンゼルをめちゃめちゃにしちゃかわいそうだよ」

さわちゃんは、ほうっと体の力を抜いた。

「……かわいそう?」

「そうだよ。さわちゃん、前に、私があの水槽の創造主だって、言ったでしょ。そしたらエンゼルがああいうことをするような条件を整えてしまったのは私なんだ。エンゼルばっかり責めちゃかわいそうだよ」

私はそう言うと、自分でも思いがけないことに、急にエンゼルが哀れに思えてきた。さわちゃんをその場に座らせて、スコップで穴を掘り、骸をそっと置いた。そして、少しずつ、土をかけた。

「……私が、悪かったねえ」

ついぞ優しい言葉をかけてやらなかったエンゼルに、私はしみじみ謝った。

さわちゃんは、しばらく黙り込んだ後、低い声できいた。

「……コウちゃん、神様もそう呟《つぶや》くことがおありだろうか」

「え？」

「神様が、そう言ってくれたら、どんなにいいだろう」

「え？」

「私が、悪かったねえって。おまえたちを、こんなふうに創《つく》ってしまってって」

それを聞くと、身体《からだ》中の緊張がいっぺんに緩んだような気がした。新しい風が体内に吹き込んだようだった。

「ああ」

私は土をかける手を止めて、空を見上げた。

薄青の空の彼方《かなた》に鳶《とび》が飛んでいる。その上空には一群の鳥が、更にその上にはジェット機が、空にひっかき傷をつけるように飛んでいた。

「そうだねえ、さわちゃん、それ、ちょっといいよねえ、ちょっとでもさ、そう言ってもらえたらねえ」

さわちゃんも、空を見上げた。焦点は定まっているようではなかった。

「……気が納まるよねえ……とりあえず」

しばらくそうやって二人で空を見上げていた。それから、私はエンゼルの埋葬に戻り、

「おまえもかわいそうなことをした」

と、今は見えなくなった死骸に話しかけた。さわちゃんが、きょとんとした顔つきできいた。

「……コウちゃんは、悪魔にもかわいそうだって言う？」

「うーん、そうだね」

私は、自分がまだ、深くそのことについて考えていないにもかかわ

らず、勢いで思わずうなずいてしまった。自分らしい、と私は思った。

けれど、それをきいてさわちゃんははらはらと涙を落とした。

「……ごめんね、コウちゃん、ごめんね、コウちゃん、コウちゃん……」

さわちゃんは泣きながら何度も私に謝った。私は、そのごめんの意味がよくわからず、さわちゃんの意識がまた別の事にトリップしたのだろうと思った。多分、いつもトイレの世話をしていることとかに。

そして、

「いいんだよ、さわちゃん、姉妹じゃないか」

と、冗談めかして言った。

さわちゃんは、嬉《うれ》しそうに泣き笑いした。

そういうことがあって、数日後、さわちゃんは眠るように亡《な》くなった。

私が学校へ行っている間、容態の変化に気づいたママが救急車を呼び、病院で死亡が確認されたのだった。

結局、私に謝ったあの日から、さわちゃんは一度も覚醒《かくせい》することはなかった。

「最近衰弱が激しかったから……」

「今年の夏は猛暑が続いたから……」

ママや親戚《しんせき》のおばさんたちは、慰め合うようにばあちゃんの死の理由づけをしていた。

……けれど、本当は熱帯魚がいなくなって、モーターの音が切れたからかもしれない。

私はやりきれなかった。

「よく最期まで看《み》てくれたね。本当に、大変だっただろうに」

アメリカから急遽《きゆうきよ》帰ってきた伯父さん夫婦がママに頭を下げた。それをきいて、ママは周囲が度胆《どぎも》を抜かれるぐらいの激しさで号泣した。取り囲む全《すべ》ての人が動きを止めた、不思議な静けさの中で、ママの泣き声はいつまでも続いた。


お通夜《つや》と葬式もすんだある日、ほったらかしにしてあった水槽をようやく片付けることにした。

あの、水槽を載せていたサイドテーブルを持ち上げようとして、絨《じゆう》毯《たん》に足がひっかかり、私は勢いよくテーブルを倒してしまった。ガタン、と派手な音がして、引出しが飛んだ。

「あれ、これ、細工がしてある。隠し引出しが……」

その奥に隠れていたもう一つの引出しから、木彫りの天使が飛び出した。

素人《しろうと》が作ったものなのだろう、年月が経《た》って飴色《あめいろ》に近いその羽は、繊細さにはほど遠く、天使の、というよりは力強い大鷲《おおわし》のそれを思わせた。元々の木の質に妙な筋があり、それがどうかすると蝙蝠《こうもり》じみてさえ見えた。だが時間をかけて丹念に引っかいたような跡があるのは、それに気づいた作り手が、なんとかふわふわとした天使の羽の質感を出そうと努力した結果なのだろう。稚拙な彫りだったが、妙に惹《ひ》きつけられるものがあった。

私はなんだか厳粛な思いで、それを手に取った。

誰のものかわからないけれど、さわちゃんの形見のような気がした。あどけなく天を向いている顔つきが、さわちゃんに似ていた。

つくった人は、さわちゃんを知っている人だったのかもしれない。

その大鷲の翼の天使は、今でも身近に置いている。
撫《な》でていると、カフェインの禁断症状も、少し落ち着く気がする。

細工は流々仕上げを御覧《ごろう》じろ

神田橋條治

『エンジェル エンジェル エンジェル』はからくり小説である。細工の妙を愛《め》でる作品である。だから、筋書きについて述べるわけにはいかない。この解説から先に目を通す読者の興を削《そ》ぐからである。本格ミステリーのときと同じである。細工の要《かなめ》は入れ子構造である。部分は全体であり、全体は部分であり、ひとかけの部分が全体を暗示している。読了後あらためてからくりの細部を探すのは、騙《だま》し絵を探索する楽しみに似ている。たとえば、第一章の「熱帯魚って大変なのよ。」が前奏であり、「おばあちゃんは天使みたいだ」にストーリー全体が封入されているなどの発見は、いくら詮索《せんさく》してもきりがないほどであり、しかも、全体を読了するまでは歯が立たないところが、憎いところである。「その時点ではわからずにいた言動が、あとになって全体を振り返ってみると、あらかじめ見事にコーディネイトされた一つのテーマに統一されている」知性の香る遊びの世界である。西洋骨董《こっとう》の味である。『エンジェル エンジェル エンジェル』は怪奇譚《たん》でもある。作者お得意の、この世とあの世の境界を行き来する物語が、この作品では、読者までも巻き込む構成になっている。さらに、境界を行き来するに止《とど》まらず、この世とあの世との見分けが曖《あい》昧《まい》になっている。梨木さんはメフィストになってしまったかのようだ。単行本では普通の黒色の活字とセピア色の活字とを使い分けるという趣向が効果をあげていた。怪奇譚と言っても梨木さんのそれは、読む人を怖がらせるのではなく、人の心の不思議な世界へ案内する効果である。今回の素材は愛と憎しみである。そしてここでも、愛と憎との境界を行き来するだけでなく、愛と憎との見分けが曖昧になることが怪奇譚の味を生みだす。これは、「雨月物語」以来のわが国における情愛を主題とする怪談話の系列にある。

『エンジェル エンジェル エンジェル』は魂に問いかける作品である。魂との対話は梨木さんの一貫した歩みである、意志である。今回は「神は、悪魔をどういうふうに思っておられたのだろう、本当は」と問う。テーマの重さゆえ、作者は暗闇《くらやみ》に光を当てる。人が日常生活の中で、気づかぬことと見なしてしまい込み済ませている難問を倉庫から引きずりだす。この重いテーマがからくりに力を与え、読む人の連想を不自然なまでに覚醒《かくせい》させる。巻を閉じた後、かえって連想が沸き立つ。

私が生まれたとき、パパはばあちゃんに名付けのことを相談した。「そうだね、公子ってどうかね」とばあちゃんは答えた。音の響きはいいけど、立身出世するようにと名前がプレッシャーを懸けると可哀相だからと、パパは考えて、思慮深い子に育つようにと、考子という字にしたと聞いたことがある。だけどこの名前のプレッシャーで、考えてばかりいる子に育って、コーヒー中毒にもなっちゃったのかな。立身出世って、昔の修身の教科書みたいで、私嫌いだから、やはり考子でよかったかなあ。

という話をわざと伏せておいて、読者の中に連想として沸いてくるように仕組んであるに違いない。きっとそうだ。悪魔的天使の所業だ。だけど、楽しかったから許してあげます。

（平成十五年十二月　精神科医）

平成八年四月出版工房原生林より刊行された作品を改稿。

エンジェル エンジェル エンジェル

新潮文庫　な－37－5

平成十六年三月一日発行
令和六年八月二十五日十六刷

著者　梨《なし》木《き》香《か》歩《ほ》

発行者　佐藤隆信

発行所　株式会社新潮社
郵便番号　一六二―八七一一
東京都新宿区矢来町七一
電話　編集部(〇三)三二六六―五四四〇
　　　読者係(〇三)三二六六―五一一一
https://www.shinchosha.co.jp

価格はカバーに表示してあります。

乱丁・落丁本は、ご面倒ですが小社読者係宛ご送付ください。送料小社負担にてお取替えいたします。

印刷・株式会社精興社　製本・加藤製本株式会社

ISBN978-4-10-125335-0 C0193